너의
악보대로
살면 돼

모난
지휘자가
들려주는

관계의
템포와
리듬

김진수 지음

너의
악보대로
살면 돼

더난출판

요즘 세상은 개인주의가 만연해 많은 사람들이 스스로를 외톨이로 만들고 있습니다. 혼자 자기만의 길을 걸어가는 사람들을 보며 당당하다, 멋지다는 표현을 많이 하게 되는 시대입니다. 주체적으로 자기 삶을 이끌어가는 것은 중요합니다만, 지나치게 외톨이로만 살게 되면 더불어 같이 사는 즐거움과 인생의 재미를 놓치는 경우가 있습니다. 그럼에도 사람과의 관계를 최소화하거나 피하려는 것은 그만큼 관계를 맺고 즐겁게 유지하는 것이 힘들다는 반증이겠죠.

사랑하는 제자가 첫 책을 펴냈습니다. 평소에도 워낙 사랑이 많고 따뜻한 사람인지라 이 책을 읽는 내내 많은 부분들이 가슴에 와 닿았습니다. 제자는 이 책을 통해 인생의 즐거움을 일정 부분 포기할 수밖에 없었던 이들의 마음을 보듬고, 용기 있게 세상으로 나갈 방법을 일러주고 있습니다. 늘 밝은 모습으로 노력하며 자신의 길을 개척했던 사람이기에 할 수 있는 제언일 것입니다.

책장을 넘기고 글을 읽어 내려가면서 비로소 제자의 인생을 알았습니다. 열정과 끈기, 노력의 이면에 고단한 삶의 고비를 넘어왔던 그의 인생이 자리하고 있음을 보았습니다.

　합창 지휘에 있어서 가장 중요한 것이 '예비박'입니다. 저는 늘 이것이 가장 중요함을 제자들에게 강조합니다. 예비박에는 '호흡-템포-음악적 표현'이 모두 녹아 있어야 합니다. 그것이 음악에 긴장감을 더해 생기를 불어넣게 됩니다. 이 책에서는 사람들 간의 '호흡-템포-표현'의 중요성을 이야기합니다. 이 안에 모든 인생의 지혜가 담겨 있음을 김진수 지휘자가 잘 풀어낸 것 같아 대견하고 자랑스럽습니다.

　그가 전하는 이야기가 각박한 현실 속에서 지치고 힘든 사람들에게 조금이나마 위안이 되고, 어떻게 소통하며 살아가야 하는지에 대한 지침이 되어줄 것이라 믿습니다. 또한 이 책을 읽는 모든 사람이 주변 사람들과 더불어 큰 행복을 찾을 수 있기를 소망합니다. 아울러 하나님께서 김진수 지휘자를 축복해 주시고 함께하시기를 기도합니다.

변호사로서 김진수 지휘자를 처음 만났을 때
가 생각납니다. 어머니와 함께 찾아온 그는 훤칠한 키에 착한
인상 그리고 크고 굵직한 목소리를 갖고 있었습니다. 고등학교
동문지에 실린 저의 광고를 보고 찾아왔다는 그의 말에서 '사
람을 잘 믿는 성격이구나' 하는 첫인상을 받았습니다.

누구나 자신의 삶을 돌아보게 되고 거기서 얻은 깨달음과
교훈, 통찰을 남에게 전달할 수 있습니다. 하지만 그걸 한 권의
책으로 엮어 출판한다는 것은 그리 쉬운 일이 아닙니다. 아직
젊은 저자가 이런 책을 낼 수 있다는 것은 그만큼 열정을 다해
살아왔으며, 그 과정에서 값진 깨달음과 교훈을 체득했기 때문
이라고 생각합니다.

박자 감각을 익히기 위해 잘 때도 메트로놈을 켜놓은 이야
기, 시창 책 세 권을 모두 암기할 정도로 연습에 매진한 이야기
는 고생하면서 노력한 사람들이라면 누구라도 공감할 만한 내
용입니다. 삶이 돈과 얽혀 있어 불가피하게 겪어야만 했던 힘

겨운 이야기 또한 진솔하게 풀어냈습니다. 후반부에서는 저자가 합창 지휘자로서 활동하면서 전달하고자 하는 메시지를 담아냈습니다. 저자가 삶에서 체득한 지혜와 자기 성찰이 가득합니다.

저자는 힘들었던 과거, 실패한 경력에서 비롯된 열등감과 그것이 만든 상처를 '모'라고 표현합니다. 그래서 스스로를 '모난 지휘자'라고 표현하고 있습니다. 책을 읽어보면 모난 면을 깨닫고 인정하기까지 얼마나 오랫동안 자신과 깊은 대화를 나눴는지 알 수 있습니다. 조개가 고통을 삭이면서 진주를 품어내듯이 모난 면을 승화시켜 더 나은 사람이 되어가는 저자의 모습이 그려집니다.

저자를 잘 아는 사람이라면 그의 태도와 인상, 말투 등 모든 면에서 진정성 있고 솔직하며 타인을 잘 믿는 청년임을 알 수 있을 것입니다. 소송으로 절망에 빠져 힘들어했던 그가 다시 일어나 자신이 가던 길을 묵묵히 걸어가는 모습을 보며 보람과 기쁨을 느꼈습니다. 그리고 얼마 안 돼 제게 이 책의 원고를 보내왔습니다.

원고를 읽으면서 절박한 가운데서도 열심히 삶을 가꾸려

애쓰고, 진심으로 달라지고자 노력하는 사람만이 무엇인가를 이루어낼 수 있다는 걸 깨달을 수 있었습니다. 그를 통해 나 자신을 돌아보게 되었고 새로운 영감을 받았습니다. 삶이 힘들다고 느끼는 분들이 계시다면, 혹은 달라지고 싶다는 열망을 품은 분들이라면 일독을 권합니다.

김진수 지휘자는 이론만으로 찬양대를 이끄는 사람이 아닙니다. 저자가 분당우리교회 지휘자로 부임해온 이후로 그가 보여준 리더십은 놀라운 것이었습니다. 합창을 통해 찬양대원들을 한마음으로 묶어주었고, 함께한다는 것의 참뜻을 알려주었습니다. 매주 기쁘고 즐거운 마음으로 찬양하게 만드는 지도력이 귀하게 빛났습니다.

김진수 지휘자가 부임한 이후로 찬양대의 분위기가 달라지는 것을 보고 감사한 마음을 품고 있던 중 책을 펴내는 사실을 알게 되었습니다. 그것은 우연히 일어난 일이 아닙니다. 평소 마음에 품었던 생각과 고민, 그것을 실천하려는 노력의 소산이 분명합니다.

수고하여 만든 귀한 책이 많은 사람들에게 선한 영향력을 행사하게 될 줄 믿습니다. 하나님을 찬양하고자 하는 열망을 가진 분들에게 도움이 되리라 믿고 이 책을 추천합니다.

차례

1장 모난 나는 못나지 않았습니다 | 나를 알아간다는 것

2장 관계에도 악보가 있다면 | 소통과 인간관계

누구나 오래된 악보를 품고 산다

나는 모난 사람이었다. 하나님께서 날 세상에 보내신 이유를 찾지 못했던 어린 시절이 있었다. 남들보다 말도 행동도 느렸던 나는 순둥이 소리를 들었다. 하지만 어려운 집안 환경 때문에 안 해본 일이 없었고, 돈을 벌기 위해 악착같이 애를 쓰며 어느새 달라졌다. 유년 시절의 순둥이는 간데없이 지금은 단단히 모가 난 사람이 되어 있었다. 그래서 내 주변은 물론이고, 특히 아내를 비롯한 가족들이 나 때문에 많은 고생을 했다.

결혼은 두 사람이 만나 하나가 되는 일인데, 나는 하나가 될 준비를 하지 못한 채 결혼했다. 아내를 나의 분신으로, 내가 지켜주고 보듬어줘야 할 존재로 받아들이는 것이 쉽지 않았다. 그에 앞서 내 자신을 다스리는 방법을 배워야 했다.

폭력은 대물림되고, 상처는 또 다른 상처를 낳는다. 상처가 치유되려면 아물고 딱지가 생겨 새살이 돋아나는 과정이 필요하다. 그러나 상처가 채 아물기도 전 또 다른 상처가 생기는 일이 잦아지면 그런 사람들은 결국 자신의 상처에 사로잡히게 된다.

내 상처를 보듬기에 급급해 다른 사람에게 상처를 주는 일도 잦아지고, 내 상처가 덧날까 두려워 지레 겁먹고 시도 때도 없이 방어기제가 작동한다. 상대가 의도하고 상처를 건드린 것이 아님에도 괜히 발끈해 감정적으로 상대와 맞서고 공격하는 일도 쉽게 일어난다.

변화가 필요했다. 내 속의 모난 부분을 다듬고, 상처를 아물게 해야 했다. 그 출발점이 되어주었던 것은 합창이다. 초등학생 시절, 음악 선생님의 합창 참여 권유를 집안 사정상 거절해야 했던 나는 늦게나마 대학에서 합창을 배울 기회를 얻었다. 합창은 내 소리와 모두의 소리 사이에 존재하는 간극을 줄이는 일이었고, 그 과정에서 진정으로 함께 호흡하는 법과 템포를 맞추는 법, 표현하는 법을 배웠다.

합창을 하기 위해서는 나를 이해하는 일이 선행되어야 한다. 실제로 합창을 시작하고 나는 조금씩 달라졌다. 스스로의 상처와 마주하고, 그것을 이해하기 시작했다. 그것은 마치 그동안 외면해온 오래된 악보를 용기 있게 연주하는 일과도 같았다. 어쩌면 그간 인정하고 싶지 않았던 스스로의 모난 부분을 잘 다듬으면 빛나는 개성이 될 수도 있지 않을까 하는 생각이 들었다. 그리고 서툴지만 조금씩 다른 사람들의 상처도 이해할 수 있게 되었다. 그들의 악보에도 관심을 갖고 귀 기울일 줄 아는 여유가 생겼다. 합창이 내게 가져다준 변화다. 주변에서도 내가 긍정적으로 변한 것 같다는 이야기를 많이 했다.

합창을 하려면 먼저 나의 소리와 다른 이들의 소리를 이해해야 한다. 즉 나와 함께 소리를 내는 이들을 이해하고 그들에게 이해받음으로써 서로 신뢰하게 된다. 바로 소통이다. 나는 그 과정을 겪어내고 현재 강연자로 활동하며, 합창단의 지휘까지 맡고 있다.

이 책을 쓰게 된 이유가 여기에 있다. 책을 통해 진솔하게 나의 이야기를 하면서 나 자신을 좀 더 알 수 있는 기회가 되었다. 무엇보다 합창을 통해 내게 일어난 변화와 그 변화를 둘러싼 소중한 경험들을 다른 이들과 나누고 싶었다. 그리고 아무리 힘들고 지치더라도 스스로를 표현하는 일을 멈추지 말았으면 하는 마음을 전하고 싶었다.

상처 입고 그것을 치유하기 위해 홀로 고군분투하는 이들이 이 책을 통해 자기 자신과 소통하기를 바란다. 그럼으로써 자신의 상처를 되돌아보고 이해하고, 조금이라도 달라지는 기회가 된다면 더할 나위 없을 것이다.

끝으로 내게 합창을 통해 많은 가르침을 주신 스승 윤학원 교수님께 감사의 마음을 전한다. 또한 표현이 서툴러 마음을 제대로 전하지 못했던 많은 분들에게 진심으로 감사의 인사를 전하고 싶다. 부족한 나로 인해 누구보다 고생 많았을 가족들에게 사랑한다고 말하고 싶다.

김진수

1장

모난 나는
못나지 않았습니다

–

나를 알아간다는 것

'모'가 만드는
방패

미움은 그 마음을
품은 인간에게 되돌아온다.
_베토벤

처음부터 둥글둥글한 사람은 없다. 단단해 보이는 암석들도 각각의 밀도가 다르고 침식 속도에 차이가 나듯이, 사람 역시 그렇다. 어떤 사람은 아무리 오랜 시간이 흘러도 예민하고 소심한 마음이 쉽사리 원만해지지 않는다.

모가 많은 사람은 기본적으로 상처받는 것을 두려워한다. 그 두려움 때문에 누군가에게 지적을 받거나 갈등 상황에 놓이면 모난 구석이 두드러진다. 자기방어력 때문이다. 상처받지 않기 위해 날을 단단히 세우고, 되레 상대에게 상처를 주는 것으로 자신을 보호하려 든다.

나 역시 그런 사람 중 한 명이다. 강사들과 함께 강의를 마치고 돌아오는 길이면 피드백을 주고받곤 한다. 내 강의에서 조금 아쉬웠던 부분이나 매끄럽지 않은 부분에 대한 이야기가 나올 때도 있다.

그럴 때면 설령 그 말이 맞는다 해도 상하는 기분을 어쩔 수 없다. 왠지 상대가 나의 약한 부분을 들춰내 공격한 것 같아 부끄러운 감정이 '화'로 변한다. '이 정도면 됐지, 뭘 더 어쩌란 거야?'라며 마음속에 방어막을 세워버린다. 당연히 그 피드백이 받아들여질 리 없다. 그게 맞는 이야기라 할지라도.

가족 간의 관계에서 이 문제는 더 두드러진다. 맞벌이를 하는 우리 부부는 어머니에게 아이를 맡기는 날이 많다. 둘 다 퇴근이 늦는 날이면 '네가 아이를 데려와서 돌보면 안 되겠니?' 하는 마음으로 서로 눈치를 본다.

그뿐 아니라 아이를 어머니에게 맡기면서 발생하는 복합적인 문제들 때문에 말다툼이 자주 벌어진다. 문제는 그럴 때 아내에게 해서는 안 될 말을 해버린다는 점이다.

예민해진 감정 때문에 어느새 방어 모드로 전환이 되고, '언어'라는 날카로운 창을 이용해 아내를 공격한다. 돌이켜보면 아내가 처한 상황도, 말다툼 중 아내가 했던 이야기도 나름의 일리가 있는 것들이다. 그런데도 일단 언성이 높아지면 그 내용이 귀에 들어오지 않는다. 무조건 반박하고 상처가 되는 말을 쏟아내고야 만다.

그리고 나면 결국 모진 말을 한 사람도, 그 말을 들은 사람도 모두가 상처를 받는다. 한번 내뱉은 말은 주워 담을 수 없기에 그 후회는 늘 아프다. 그럴 때 가장 중요한 것은 내가 상처를 입혔다는 사실을 인정하고 사과할 용기를 내는 것이다.

"정말 미안해. 아까는 내가 말이 심했어."

모와 모 사이에
접점 찾기

『탈무드』에는 이런 말이 나온다. "싸움을 한 사람은 스스로의 잘못을 인정해야 한다. 설령 자기한테 잘못이 없다 해도 무언가를 찾으려 노력해야 한다. 이것이 화해의 원칙이다." 애초 무작정 화를 내거나 상처를 주는 말을 하지 않 았더라면 더 좋았겠지만, 이왕 내뱉은 말이라면 상처가 깊어져 앙금이 남기 전에 사과를 하는 게 갈등을 수습하는 기본 원칙 이다.

타고난 성격 자체를 바꾸기란 쉽지 않다. 특히 예민하고 모 가 난 사람들은 관계에서 갈등 상황에 놓일 때 부딪힐 수밖에 없다. 하지만 '난 원래 그러니까' 하고 넘기는 것과 어떻게든 달라지려 애를 쓰는 것에는 큰 차이가 있다. 모가 튀어나올 때 그것을 인지하고, 어떻게든 조절하려고 노력하는 건 중요한 일 이다.

정신과 전문의 상진아의 책 『감정에 지지 않는 법』에 나오 는 다음의 이야기가 그중 한 방법이 될 수 있다. "중요한 것은 '화가 나는 것'과 '화를 내는 것'을 구분하는 것이다. '화가 나 는 것'은 자신이 느끼는 감정이므로 자발적 의지로 조절할 수 없는 생리 현상과 같다. 반면에 '화를 내는 것'은 화가 났을 때 말과 행동을 통해 자신의 감정을 분출하고 표현하는 것이므로 얼마든지 자신의 의지로 조절할 수 있다."

다른 사람에게서 듣기 싫은 말을 들었을 때, 갈등을 일으켰을 때, 화가 나는 상황에 처했을 때 그것을 잘 풀어가는 방법은 무엇일까? 가장 먼저 할 일은 자신의 감정을 인지하는 것이다. '화가 났구나', '마음에 가시가 돋는구나' 하는 것을 빠르게 감지해야 한다. 자신의 감정을 스스로 들여다볼 수 있어야 그 감정을 제어할 수 있다.

다음으로는 상대의 마음을 헤아리는 것이다. 상대를 무조건 이해하고 다 수용하라는 뜻은 아니다. 감정을 앞세우거나 나의 관점으로만 바라보지 말라는 의미다. 내 생각대로 이해하면 오해가 되고, 그대로 멈춰 있으면 영원히 간극을 좁힐 수 없으니 말이다. 서로 접점을 찾으려면 일단 상대의 이야기를 듣고, 그 입장과 마음을 헤아리는 노력도 필요하다.

"나의 모는 어디서부터 시작되었나"

어린 시절, 모든 것이 늦됐던 나와 달리 형은 천재성을 발휘했다. 네 살 터울의 형은 나와는 정반대 성격으로 본인의 의사를 정확히 전달할 줄 알았고, 타고난 노래 실력으로 인기가 하늘을 찌르는 듯했다. 형은 실력에 걸맞게 여러 독창대회를 휩쓸며 화려한 수상 경력을 얻었다. 어머니는 넉넉하지 않은 형편에도 서울대 성악과 학생에게 레슨을 받게 할 정도로 지원을 아끼지 않으셨다.

빛이 강하면 그림자도 짙은 법일까? 보통 형제나 자매 중 한 명이 특출나서 비교를 당하는 경우, 상대적으로 비교 아래에 있는 아이가 방황하거나 엇나가는 일이 많다. 늘 칭찬받고 사람들 관심의 대상이 되는 형제나 자매에 비해 자신은 왠지 못나 보이는 탓에 자신감도 급격히 떨어진다.

나 역시 성장기 동안 형의 그늘에 가려진 삶을 살았고, 거기서 벗어나고 싶었다. 원래도 노래를 좋아했지만, 열 살이 넘어가자 내 안에서도 노래하고 싶다는 열망이 꿈틀거리기 시작했다. '제대로 배우기만 한다면, 부모님의 기대를 한몸에 받는 형보다 어쩌면 내가 더 잘할 수도 있지 않을까'라는 막연한 생각도 들었다.

하지만 내 기대는 여지없이 무너지고 말았다. 초등학교 3학년이 된 해에 교내에 독창대회에서 고학년들을 모두 제치고 당당히 입상을 했으나, 소용없는 일이었다. 성악은 돈이 많이 드는 공부였고, 당연히 음악적 재능을 타고난 형에게 투자하는 게 어머니의 선택이었다.

어머니 역시 타고난 소리꾼이셨다. 경기민요 예능 보유자로서 무형문화재로 선정된 안비취 선생이 직접 찾아오기까지 할 정도였으니 말이다. 하지만 할아버지의 거센 반대 때문에 어머니는 노래를 배울 기회조차 얻을 수 없었다. 그래서 더욱 서운함이 컸는지 모르겠다. 꿈을 이루지 못하는 내 마음을 가장 잘 이해해줘야 할 어머니에게 외면당했다는 사실 때문에 말이다.

하지만 나는 포기하지 않았다. 오히려 형과 비교당하는 열등감, 어머니에게 인정받지 못한 서운함을 나를 단련하는 에너지원으로 삼았다. 나를 증명하기 위해 더 열심히 꿈을 그려야만 했다.

인정하는 순간
더 강해진다

누군가와 갈등을 빚을 때마다 관계를 망치게 할 수도
반대로 관계를 강화할 수도 있는 요소가 하나 있다.
바로 태도다.
_윌리엄 제임스

학창시절 나의 삶은 '가난'이라는 문제가 늘 함께했다. 집안의 지원을 받으며 편안하게 음악과 배움을 누릴 형편이 되지 못했다. 함께 음악을 공부하는 무리 속에서 잦은 소외감을 느낀 것이 사실이다. '음악을 포기하는 것이 맞지 않을까'라는 고민도 숱하게 했다.

그뿐 아니다. 부유한 집안 출신들이 대다수인 음악가들을 통솔하는 지휘자 역할을 하는 것이 심리적으로 버겁게 느껴진 적도 있다. 음악을 전공했지만 외국 유학을 가지는 못했다. 한마디로 비(非)유학파가 된 것.

자격지심이라는
단단한 갑옷

사실 우리나라 음악계, 그중에서도 특히 서양 음악을 전공한 사람들에게 유학은 필수 코스와도 같다. 유럽이나 미국에서 손꼽히는 곳에서 배우고 와야 실력을 인정받는 분위기가 팽배한 탓이다. 또 그 안에서 형성된 네트워크 역시 무시할 수 없다. 비유학파는 어떤 자리에 가도 명함을 내밀기 힘들 정도로 공고한 벽이 있다.

그래서였을까? 나는 지휘자에 관한 이야기를 나누면 모난 구석이 발동하곤 했다. '가난'이라는 현실과 '지휘자'라는 꿈 사이의 괴리에서 생긴 '모'다.

어느 해에 서울 예술의 전당에서 열린 유명 합창단 공연에 다녀온 적이 있다. 이름만 들어도 알 만한 합창단의 공연이었다. 아내와 함께 연주를 보고 집으로 돌아오는 길에 속내를 말하고야 말았다.

"교만하게 들어도 상관없어. 나, 오늘 감동 못 받았어."

"……."

"내가 합창단을 지휘하면 나만의 색으로 멋진 합창을 만들

수 있는데 말야."

"맞아, 그럴 거야. 당신은 좋은 지휘자니까."

아내는 질투처럼 여겨질 수 있는 내 감정을 이해하고, 내 능력을 인정해주었다. 하지만 아내의 말은 여기서 그치지 않았다.

"근데 왜 그 힘든 길을 원하는데? 그런 단체를 맡으면 신경 쓸 일도 많고 눈치 볼 일도 많을 텐데……."

사실 아내의 말엔 일리가 있었다. 지휘자라는 길은 결코 쉬운 길이 아니기 때문이다. 하지만 나의 모난 구석이 발동해 이 말조차 삐딱하게 들린 모양이다. 참지 못하고 뾰족한 말이 튀어나왔다.

"내가 지금처럼 강의만 하면 좋겠다는 말이야? 강의할 때마다 소심한 본성을 숨기고 다른 사람처럼 구는 거 많이 힘들어. 강의 끝나면 매번 수강생들한테 평점과 여러 가지 평가를 받아야 한다고. 절대 지휘보다 쉬운 일 아냐."

엄밀히 말해 아내는 '강의가 쉽다'고 말한 적이 없다. 지휘자의 길을 아쉬워하는 내게 '당신이라면 잘할 거야!'라고 인정해주었고, 단지 지휘자의 길이 쉽지만은 않다는 걸 말했을 뿐이다. 하지만 내 마음속에는 '가난과 이루지 못한 꿈 그리고 지휘자에 대한 미련'이 남아 있었나 보다. 그것이 '모'로 돌변해 아내의 말을 왜곡해서 듣게 만들었다.

감정이 휩쓸고
지나간 뒤

지휘자의 삶과 강연자의 삶, 그 가치나 경중을 비교하는 건 무의미하다. 경제적인 수입에서 큰 차이가 나는 것도 아니다. 그런데도 아내의 말이, 내 순수한 열망을 이해하지 못하고 그저 경제적으로 안정적인 강사의 삶에 매진하라는 압박의 말처럼 느껴졌다. 한편으로는 내 지휘 경력에 대한 열등감을 건드리는 것 같아 화가 나기도 했다. 사실 아내에겐 그런 의도가 전혀 없었다. 단지 나의 열등감이 만들어낸 문제였을 뿐이다.

그날, 결국 우리 부부는 크게 싸우고야 말았다. 한바탕 싸우고 난 후에야 깨달았다. 내 마음에 난 모가 꽤 단단하다는 것을. 가난해서 이루지 못했던 꿈에 대한 미련, 그 아쉬움이 만든 모다. 그런 모는 평소엔 마음속에 숨어 있다가 적당한 핑계거리가 생기면 이때다 하고 발톱을 드러낸다. 기어코 자신은 물론 타인을 할퀴어 상처를 준 후에야 발톱의 힘을 뺀다.

얼마 후 그날 일을 떠올리니 괜히 아내에게 미안해졌다. 나의 모난 구석 때문에 아내만 봉변을 당한 셈이다. 하지만 나로선 그 일이 나쁘기만 했던 건 아니다. 아내와의 대화 덕분에 나의 '모'를 제대로 확인했고, 그걸 끄집어내 대면할 수 있었기 때문이다. 그리고 이 모를 다듬기 위해 나 자신, '김진수'에게 위로를 해주고 싶었다. 그래서 종이에 몇 글자 적어 내려갔다.

'진수야, 소심하고 많이 긴장하는 네가 그 많은 강연을 해내느라 수고 많았어. 스스로 선택한 것도 아닌데, 경제적인 어려움 때문에 고생 많았지? 가고 싶은 길도 접어둔 채 여기까지 오느라 애 많이 썼어.'

이 뒤에 이어질 문장은 아직 완성하지 않았다. 잠시 빈칸으로 두고 싶다. 지휘자에 대해서도 늘 가능성을 열어두고 돌아보려 한다. 내가 진짜로 하고 싶은 일이라면 도전해볼 수도 있기 때문이다.

이런 나의 '모'를 들여다보고 대면한 이후 이 부분에 대해서는 마음이 한결 편안해졌다. 그것이 가장 중요한 변화였다.

모르면 고칠 수 없지만 알면 고칠 수 있다. 그것을 알기까지의 힘든 시간을 견뎠다면 이미 절반은 성공한 셈이다.

"처음으로 전율을 느낀 날"

살다 보면 가슴에 불꽃이 피어나는 순간이 있다. 작은 불씨가 마음 속 열망과 만나 발화하는 것이다. 그것은 좋아하는 일일 수도 있고, 사랑하는 사람일 수도 있다. 그 불꽃은 외로운 삶에 온기가 되고, 힘겨움을 극복하는 힘이 되고, 살아갈 수 있도록 하는 동력이 된다. 내게도 불씨가 번지는 순간이 찾아왔다.

고등학교 2학년 시절, 땀 흘리며 운동하는 걸 좋아하는 다른 남학생들과 달리 나는 음악시간이 가장 좋았다. 지루하고 쓸쓸한 학교생활을 견딜 수 있게 한 단비 같은 존재나 다름없었다. 그날도 설레는 걸음으로 음악실로 향했다. 머릿속에는 온통 노래를 부를 생각뿐이었다. 그날 선생님은 교과서를 펼치는 대신 TV를 켜고 비디오 한 편을 틀어주며 말하셨다.

"오늘은 오페라 영화 한 편을 감상하겠다. 다들 집중해서 보도록!"

캄캄한 음악실에서는 TV 화면만 밝게 빛나고 있었고, 아이들은 꾸벅꾸벅 졸기 시작했다. 그 사이에서 나는 화면에 빨려 들어갈 듯이 호기심 어린 눈으로 감상을 시작했다. 환희와 절망을 보여주는 여주인공 '비올레타'가 노래하는 순간, 그 환상적인 무대가 노래로 가득 차는 걸 느꼈다. 곧 '축배의 노래'를 비롯한 귀에 익은 아리아가 울려 퍼졌다.

그 음악에 완전히 매료된 나머지, 주인공들이 비디오테이프 속에 있는 것이 아니라 꼭 내 앞에서 노래하고 있는 것처럼 느껴졌다. 그들의 노래가 선율을 타고 내 심장에 은밀하고 깊숙이 스며드는 느낌이랄까. 마음 깊은 곳에서부터 요란하게 일렁이는 벅찬 감동을 경험했다. '와! 저거야말로 내가 하고 싶은 거야! 진짜 내가 부르고 싶은 노래라고!' 나는 쩌렁쩌렁한 목소리로 외치고 싶은 것을 가까스로 참아냈다.

그날은 내가 음악을 통한 '전율'을 처음으로 느낀 날이자, 내 꿈을 확신하게 된 날이다. 수업이 끝나고 친구들이 앞다퉈 교실 문을 박차고 뛰쳐나갔지만, 나는 자리에서 일어설 수 없었다. 내가 본 장면 하나하나, 그리고 처음으로 경험한 환희에 찬 감정을 마음속으로 되새기고 있었다.

그러곤 굳게 결심했다. '나는 성악가의 길을 가야만 해.' 당시 친구들 사이에서도 "말은 잘 못하지만 노래는 잘한다"는 이야기를 들었다. 음악 선생님도 "넌 노래를 잘하는 특별한 아이"라는 말을 종종 해주셨다. 노래에 대한 자부심도 있고, 남몰래 꿈을 키우며 성악을 혼자 연습하던 내가 오페라라는 걸 처음 보았으니, 그야말로 꿈에 불이 당겨진 것이다.

모난 나와
못난 나

인생은 겸손에 대한 오랜 수업이다.
_제임스 배리

    합창단원이 노래할 때 자신의 소리가 다른 이들에 비해 좋지 못하다는 생각에 입도 잘 벌리지 못하고 소심하게 소리를 낸다면 어떨까? 그러면 지휘자 입장에서는 소리의 밸런스를 맞추기가 어려워진다. 합창은 여러 사람들의 다양한 소리가 모여 하모니를 이루는 게 중요하다. 하나의 목표를 향해 달려가되 서로 합심하고 밸런스를 맞추는 것이다.

    이때 각자의 소리를 제대로 내줘야만 지휘자가 여러 소리들을 모아 음악을 맛있게 요리할 수 있다. 어느 한 소리가 턱없이 부족하거나 턱없이 넘치면 하모니가 깨진다. 소리에는 옳고 그름이 없다. 각자의 개성만이 존재할 뿐이다.

자신의 소리에 만족하지 못한다면 여러 가지 방법으로 표현해보도록 연습하고 지휘자의 요구에 맞게 톤(음색)을 맞추면 그만이다. 애써 목소리를 감추거나 소극적으로 굴면 오히려 전체적인 합을 망치는 일이 된다.

날을 세우면 호의도 적의로 보인다

나처럼 영업 능력이 부족한 강사는 업계 사람들과의 좋은 관계가 필수적이다. 그래서 나름대로 노력을 하지만 일이 없을 때는 한동안 정체기가 찾아오기도 한다.

그러던 중 오랜만에 강의 요청이 들어왔다. 예전과 다름없는 강의 주제였다. 어려움 없이 좋은 반응을 이끌어낼 수 있는 내용이었는데, 그날은 유독 힘이 들었다. 예전 같은 에너지도 나오지 않고 두서없이 진행되는 것 같았다. 힘겹게 강의를 마치고 집에 가려는데 교육생 한 사람이 내게 말을 건넸다.

"강의하는 거 힘드시죠? 내용은 좋은데 그래도 강의가 좀 더 구체적이었으면 좋겠어요."

그 말을 듣는 순간 내 안의 모가 튀어나오는 걸 느꼈다. 힘겨웠던 강의 끝에 들려온 이야기에 상한 감정을 최대한 숨기려고 노력했다. 그 수강생이 다시 이야기를 했다.

"누구나 할 수 있는 좋은 이야기나 막연한 내용보다는 구체적인 사례나 진솔한 경험담이 오히려 마음에 와 닿더라고요. 강의 집중도도 좋아지고요. 다음 강의에서는 그런 부분을 좀 참고해보시면 어떨까요?"

가슴에 와서 박히는 이야기였다. 처음에는 내 강의를 부정적으로 평가하는 건가 싶어 날이 섰지만 듣고 보니 공감이 가는 이야기였다. 뾰족하게 날을 세우면 좋은 이야기도 곡해해서 듣게 된다. 강사가 교육생에게 강의의 피드백을 받는 건 너무 당연한 일이다. 오히려 열린 태도로 경청했어야 했다. 뒤늦은 반성이 몰려왔다.

나는 스타 강사라 불리는 이들이 강연할 때마다 자기 이야기를 하는 걸 이해하지 못했다. 자신이 살아온 인생 여정과 힘들었던 가정사를 왜 시시콜콜 말하는 건지 늘 궁금했다. 하지만 그 교육생의 말을 듣고 난 뒤로는 생각이 달라졌고, 그들의 강의를 이해할 수 있었다. 자신을 진솔하게 털어놓음으로써 보다 가까이 청중 속으로 걸어 들어갈 수 있었던 것이다.

반면 나는 옳은 이야기, 듣기 좋은 이야기만 하고 있었으니 그런 피상적인 이야기가 교육생들의 가슴에 울림을 줄 리 없었을 터다. 모난 나를 숨기려 할수록 못난 사람으로 비춰졌을지도 모를 일이다. 그 교육생의 한마디에 내 강의 내용은 바뀌었다. 드디어 마음을 열고 자연스럽게 나의 모난 부분을 고백하게 된 것이다.

숨기기를 멈춘 뒤
시작된 변화

지금은 강의를 시작할 때 나의 부족한 부분부터 말한다. "보통의 아기들은 16~18개월이 되면 말을 시작하죠. 전 다섯 살 때에야 말하기 시작했어요"라는 식으로. 그러면 한바탕 웃음이 터져 나온다.

내성적인 성격 탓에 사람들 앞에 서려면 아직도 가슴이 콩닥콩닥 뛴다. 그러면 일부러 강한 척하지 않고, 심호흡을 열 번하고 들어가 이렇게 말한다. "저 지금 바깥에서 심호흡 열 번하고 들어왔습니다. 조금 떨려서요." 그렇게 솔직하게 털어놓으면 수강생들도 이내 마음을 활짝 연다. 그런 솔직함을 안 좋게 생각하는 사람은 한 명도 없다.

나는 부족한 면을 애써 감추고 들키지 않으려 아등바등했던 과거와 결별했다. 나의 약점을 스스로 인정하고 그것을 다른 사람에게 스스럼없이 고백할 뿐 아니라, 때론 유머로 활용하기도 한다. 그러면서 더 가까워지고 위로를 받는 느낌이다. 더불어 강의도 한결 재미있어졌다.

나를 좀 더 솔직하게 표현하기 시작하면서 모난 구석도 아주 조금씩 다듬어져갔다. 남들을 의식하지 않고 당당히 내 속에 있는 감정을 표현하려 노력했다. 그러자 미묘하게 해방되는 느낌마저 들었다. 요즘 뇌 과학 책에 푹 빠져 있는데, 책에서는 남들에게 피해를 주지 않으려고 소심하게 행동하는 것부터가 잘못된 것이라고 한다.

감정 배설은 노,
감정 표현은 예스

사실 나 같은 성격의 사람에겐 자신을 표현하는 것이 쉽지 않은 일이다. 그래서 자기감정을 이해하는 것도, 그것을 올바른 방식으로 표현하는 것도 노력과 연습이 필요하다. 한꺼번에 '욱' 하고 감정이 표출되는 걸 막기 위해서는 평소 꾸준하게 적당히 자신의 감정 표현을 해야 한다.

물도 고이면 흘려보내야 넘치지 않는 것처럼 감정도 마음속에 쌓아두지 말고 적당히 밖으로 표출하면서 순환이 되게 도와야 한다. 슬픈 일이 있다면 충분히 슬퍼하고, 기쁜 일이 있다면 온 마음으로 기쁨을 느끼자. 화나는 일이 있다면, 화가 나는 자신의 감정을 들여다보고 스스로 화났음을 인정하는 것이다.

이때 중요한 것은 적절한 자기 제어 속에서 감정을 인식하고 표현하라는 것이지, 배설하듯 감정을 마구 분출하라는 뜻이 아니다.

평소 자기감정과 생각을 압박하고 가두게 되면 참다 참다 부풀어 어느 날 풍선처럼 빵 터지고야 만다. 감정 표현이 아니라 감정 배설이 되는 것이다. 돌아보면 자신을 가두는 건 타인도 세상도 아닌 바로 자기 자신이다. 스스로를 자기 안의 감옥에 가두지 말고, 밖으로 나와 햇빛도 쐬고 바람도 맞게 하자. 스스로를 옭아맨 밧줄을 푸는 데서 치유는 시작된다.

"미쳐 돌아가는 이 세상에서 가장 미친 짓은
현실에 안주하고 꿈을 포기하는 것이라오!"
세르반테스의 소설을 바탕으로 한 뮤지컬
〈맨 오브 라만차〉에 나오는 대사다.
그러나 실현되지 못한 꿈들은 얼마나 많은가.
기회도 얻지 못한 꿈들은 또 얼마나 많을까.

울퉁불퉁해도
괜찮아

나는 힘과 자신감을 찾아 항상 바깥으로 눈을 돌렸지만,
자신감은 내면에서 나온다. 자신감은 항상 그곳에 있다.
_안나 프로이트

소리의 어우러짐을 중시하는 다른 합창과는 달리 흑인 영가는 여러 소리의 개성을 존중하며 거친 비브라토 또한 흠이 되지 않을 때도 있다. 그 안에서도 서로 밸런스를 맞춰가며 자유롭게 개성을 표현하기 때문이다.

그와 마찬가지로 흔히 모났다는 말이 반드시 나쁜 것만은 아니다. 감수성이 발달해서 남들보다 섬세하다는 뜻일 수도 있다. 또 모난 행동처럼 보이는 것도 타인에게 상처를 주는 것이 아니라면 나만의 개성으로 승화될 수도 있다.

뾰족한 것들의
이면을 보다

어릴 적에 "모난 돌이 정 맞는다"는 속담을 자주 듣곤 했다. 제멋대로 튀는 행동을 하지 말고, 다른 사람과 어울려 살라는 뜻으로 어머님이 종종 해주신 말씀이다. 자주 듣다 보니 '모'가 무엇이기에 그토록 주의를 주셨는지 궁금했다.

여러 가지 뜻이 있지만, 사전에서는 '모'를 '까다롭거나 표가 나는 성격'이라고 정의한다. '모난 사람'이라 하면 대개 이러한 사전적 의미와 더불어 타인을 함부로 대하는 사람이라는 함의가 더해진다.

그렇다면 극히 일부의 유별난 사람들만 모가 난 걸까? 그렇지 않다. 모든 사람이 모난 부분을 갖고 있다. 그저 순하고 얌전해 보이는 사람도 내면에는 남들이 잘 알아차리지 못하는 자기만의 모가 있다. 이런 모는 알게 모르게 자신과 남을 찌르고 상처를 준다. 평소에는 조용히 도사리고 있다가, 임계점을 넘어서는 순간이 오면 욱하고 튀어나오기도 한다.

문제는 이렇게 표출된 모는 스스로를 당혹스럽게 할 뿐 아니라 타인에게 상처를 주고, 때론 관계를 악화시키거나 공동체의 분위기를 불편하게 만든다는 점이다. 그렇다면 왜 사람들은 마음에 모가 나 있고, 모난 행동을 하는 걸까? 서로에게 상처가 되어 좋을 리 없는데 말이다.

상처 없는 사람은 없겠지만, 나 역시 아픈 기억이 만들어낸 상처가 있다. 그 상처로 인해 모난 구석이 있다 보니, 예민하고 뾰족하게 행동하는 사람을 볼 때면 그 이면의 것들을 먼저 헤아리게 된다. 그러나 모든 상황에서 모든 사람이 '나'를 이해하고 받아들여주는 건 아니다. 원인이 무엇이든 진심이 어떻든 드러나는 행동이 모가 나면 오해가 쌓이고 사람들과 거리가 생길 수밖에 없는 게 현실이다. 그 누구도 타인의 은밀한 내면과 뒷사정을 일일이 헤아려주지는 않기 때문이다.

예민과 섬세는
종이 한 장 차이

나는 모난 부분이 있다고 해서 스스로를 책망하지는 않는다. 모를 모두 깎아내 둥글고 무던한, 완전히 다른 사람이 돼야 한다고 생각지도 않는다. 오히려 모난 부분을 잘 다듬고 가꾼다면 남과 구분되는 특별한 개성이 될 수 있으니 말이다.

생각을 달리해보면 모가 났다기보다는 남들보다 조금 섬세한 것일 수도 있다. 밝고 긍정적이며 매사 둥글둥글한 사람도 있지만 모두가 그런 성격일 수는 없다. 사실 모가 났다는 건 그만큼 섬세하고 꼼꼼하며 정확하다는 것으로 이해될 수도 있다. 그것을 약점이 아닌 자신의 강점으로 인식하고 편안하게 받아들이는 것도 한 방법이다.

중요한 것은 나를 알고, 있는 그대로 받아들이는 것이다. 사람들은 애써 자기 모습을 부정하고 다른 모습으로 인식하려는 경향이 있다. 특히 모난 구석이나 부정적인 특성은 더욱 인정하려 들지 않는다. 그러다 보니 갈등이 생겼을 때, 늘 내가 아닌 타인에게서 문제를 찾는다.

"내가 예민한 게 아냐. 사람들이 둔하고 무례한 거라고."

"웬만한 일에는 화내지 않으려고 했는데, 늘 사람들이 나를 화나게 한다니까."

"오늘도 팀원 김 대리는 나한테만 무성의하게 인사를 했어. 대체 왜지?"

나 자신을 안다는 건 그만큼 어려운 일이다.

먼저 내 안의 모를 똑바로 대면하여 정확하게 인식하는 것에서 시작하자. 모난 면 자체를 부정하면 아무것도 달라질 수 없다. 좋은 점이든 나쁜 점이든 그것을 알고 이해해야만 다듬어나갈 방법을 생각하고 실천하는 것도 가능한 법이니까. 그리고 그것이 더욱 빛나는 '나'를 만드는 길이니까 말이다.

"내 열정의 에너지원, 열등감"

형과 비교당하는 것도 스트레스인데 설상가상 집안 형편까지 어려워졌다. 중학교 2학년이 되던 해에 아버지의 사업이 부도를 맞았고, 회사가 무너지자 집안까지 무너졌다. 예민한 사춘기 시절 이리저리 도망을 다니며 판잣집에 살게 된 나는 점점 '모나기' 시작했다. 가난은 순둥이 소년을 모난 아이로 만들었다. 빈곤은 죄가 아니지만 극심한 경제적 빈곤은 사람을 달라지게 한다.

당시 나를 초라하게 만든 건 가난뿐만이 아니다. 지금의 내 목소리를 들으면 아무도 믿지 않겠지만, 어릴 때 내 목소리와 발음은 그리 좋지 않았다. 혀의 일부가 보통사람보다 짧고 구강에 마비 현상이 있었다. 그것 때문에 따돌림을 당하고 내 목소리에 심한 콤플렉스를 가졌다. 경제적 궁핍함은 마음을 가난하게 만들었고, 어눌한 발음과 목소리가 가져온 열등감은 태산처럼 크게 느껴졌다.

건설업을 하시던 아버지를 따라 가족들은 1~2년에 한 번씩은 꼭 이사를 가야만 했다. 심지어 같은 지역 안에서도 몇 차례 이사를 가곤 했는데 매번 그리 멀지도 않은 학교로 전학을 가는 건 더욱이 불편하고 골치 아픈 일이었다. 이제 좀 적응했다 싶으면 전학을 가기 일쑤였으니, 성적이 좋을 리 없었다. 게다가 느린 말과 행동, 어눌한 발음을 이유로 받았던 따돌림은 어떤 학교를 가도 달라지지 않았다. 그것이 내게는 매일 되풀이되는 악몽처럼 끔찍한 일이었다.

그래서인지 내 별명은 '꺼벙이'였고, 학창 시절 내내 꼬리표처럼 따라다녔다. 집을 나서면 선생님을 제외하고는 누구도 내 이름으로 나를 불러주지 않았다. 그렇게 매번 겪는 낯선 환경과 매번 겪는 따돌림을 견디며 노래에 대한 욕심을 점점 키워갔다. 노래야말로 남들에게 인정받아 '꺼벙이' 딱지를 뗄 수 있는 유일한 기회라고 생각했기 때문이다.

하지만 어머니는 끝내 내게 음악 공부를 허락해주지 않았다. 세상 모두에게 놀림을 받고 설움을 겪는 나에서 벗어나 더 당당하고 멋진 내가 될 수 있는 유일한 기회를 어머니는 허락지 않은 것이다.

나는 자구책을 찾기 시작했다. 형이 기타를 치면, 손가락 움직임을 잘 봐두었다가 그 모양새를 따라 했다. 형이 노래 연습을 할 때면 귀를 열고 들어두었다가, 그 소리와 비슷한 소리를 내기 위해 연습했다. 내가 레슨을 받을 수 없으니, 형이 레슨을 받고 연습하는 소리를 따라 한 것이다. 그것은 나만의 수업법이었다.

발성이라는 것 자체가 말 그대로 좋은 목소리를 갖기 위한 작업을 하는 것이다. 윗입술부터 성대까지를 보컬스 트랙(Vocal's track)이라고 하는데, 좋은 소리를 내려면 이 부분을 가다듬어야 한다. 성대 후두의 위치를 살짝 내리고 공간을 열어주는 것이다. 하지만 당시는 그런 원리조차 모른 채 귀에 들리는 소리를 기준으로 나만의 더듬이를 찾아 연습하고 또 연습했다.

어찌나 집중해 연습했던지 차 안에서도, 길을 걸으면서도 늘 형이 내던 소리를 더듬어가며 연습에 몰입했다. 가끔은 내 소리에 주변 사람들이 쳐다보는 일도 있었고, 정류장을 지나치거나 길을 걷다 다른 길로 들어선 적도 무척 많다. 원리도 모른 채 흉내만 내는 거였으니, 흉내를 잘 내기 위해 듣고, 관찰하고, 따라 하고, 연습하는 것밖에는 다른 도리가 없었다.

노력은 배반하지 않는다고 했던가. 처음에는 소리가 전혀 달랐지만 하루 이틀, 일주 이주, 한 달 두 달이 지나고 반복 연습하는 시간이 길어질수록 비슷한 소리를 흉내 낼 수 있게 됐다. 그러던 어느 날 드디어 바이브레이션, 소리의 떨림이 생겼다. 그래서인지 나는 지금도 무엇이든 금세 따라 하고 집중력 있게 잘 배운다. 진득하니 혼자 연습하는 것도 남들보다 자신 있다. 열등감이 만들어준 강점이다.

혼자만의
안전지대는 없다

세상에서 가장 어려운 일은
세상을 바꾸는 것이 아니라
당신 자신을 바꾸는 것이다.
_넬슨 만델라

　오래 합창을 해오다 보니 관계의 문제도 합창과 다르지 않다는 걸 알게 됐다. 혼자 노래할 때와 달리 여럿이 노래하다 보면 타인의 목소리를 통해 내 목소리를 알게 된다.

　각기 다른 음색, 발성 등 다양한 이들의 목소리를 듣다 보면 그들과는 또 다른 내 목소리의 특징이 느껴진다. 그 과정에서 내 발성이나 음색의 장점도 보이고, 문제점도 명확해진다. 다른 이들과 소리를 맞추는 과정을 통해 보다 좋은 소리로 다듬어지는 것이다.

무엇이 문제인지를
모르는 게 문제

사람들은 다른 이들과 관계를 맺으며 갈등이 생기면 늘 상대방을 탓하곤 한다. 내가 아니라 상대의 성격이 이상해서, 예의가 없어서, 그들이 내 맘 같지 않아서 문제가 생겼다고 보는 것이다. 그런데 정말 그럴까? 모두 나만 상처를 받았다고 말한다. 이 세상의 모든 사람이 관계에서 오는 문제로 상처를 받은 '피해자'라면 대체 가해자는 어디에 있는 걸까?

대부분의 사람들이 자신에 대해 잘 모른다. 모든 갈등 해결에 앞서 가장 중요한 건 스스로 자신이 어떤 사람인지 인식하는 것이다. 물론 이것은 결코 쉽지 않다. 특히 상처와 마주하는 일은 더 어렵다. 상처는 아픔을 동반하고 대부분의 사람들은 굳이 아픈 기억을 떠올리고 싶어 하지 않기 때문이다.

그래서 정신과 의사들의 경우, 환자들이 문제 증상 때문에 괴로워하지만 원인을 찾기가 힘들다고 말한다. 문제 증상들은 대개 환자에게 상처가 된 경험과 기억에 기인하는데, 그것을 끄집어내는 게 힘들기 때문이다. 상당 기간 동안 상담을 통해 서로 교감하고 신뢰를 나누고, 기억의 깊은 곳까지 파고든 후에야 원인을 발견하게 된다.

이렇게 문제를 알고 원인이라도 발견한 경우는 다행이다. 더 심각한 건 많은 사람들이 자신에게 문제가 있다는 것조차 모른다는 점이다. 남들이 보기엔 굉장히 유별나고 모가 났는데, 자신은 그걸 전혀 인지하지 못하는 경우다.

당신은 어쩌다 모가 났나요

한번은 의사 친구가 이런 말을 들려주었다. "마음이 아픈 사람 중에는 자신의 문제가 드러나는 걸 두려워하는 사람이 많아. 그래서 사람들은 '망각'이나 '회피' 등의 방법을 통해 자신의 상처를 덮어버리곤 하지. 자신에게 모난 구석이 있다는 걸 스스로 깨닫기가 힘든 거야."

문제는 타인과의 관계에서 불거진다. 모든 사람은 각자 '모난 구석'을 지니고 살기 때문에 타인과 부대끼면 언젠가는 상처를 주게 된다. 내 뱃속으로 낳은 자식, 평생 함께 산 부부도 마찬가지다. 하물며 처음 만나는 관계는 어떻겠는가.

자신이 알지도 못하는 사이 모와 모가 만나 상처를 만들어 내게 된다. 다른 사람이 내 맘 같지 않은 것도, 작은 일에 갈등하며 삐거덕대는 것도 다 모와 모가 부딪혀 생기는 일이다.

내가 집중하는 건 바로 이 지점이다. 앞서 언급했듯이, 사람은 자신이 모났음을 스스로 깨닫기 어렵다. 하지만 타인과 만나 모가 부딪히면서 자신에게 그러한 모가 있음을 비로소 깨닫게 된다. 그러니 그것이 반드시 나쁜 일만은 아니다. 모가 있음을 깨닫고 겸허하게 상대의 모를 감지할 수 있기 때문에 희망적이다. 즉 혼자서는 해결하기 어렵지만 다른 이들과의 만남을 통해 서로를 알아갈 수 있다는 것이다.

간혹 사람들과 관계를 맺어봤자 상처만 날 뿐이라며 관계 자체를 회피하는 사람들이 있다. 한동안은 나도 그랬다. 하지만 자신을 고립시키는 건 결코 좋은 방법이 아니다. 언제까지나 혼자 살아갈 수도 없는 세상 아닌가.

사람들과 이리저리 부대끼며 자신의 어떤 구석에 모가 났는지 무엇이 문제인지 알고 해결하지 않으면, 그 문제들은 영원히 해결되지 않는다. 작은 모가 방치되면 더 큰 모가 되고 그 상태로 단단하게 굳어져 종국에는 그 어떤 방법으로도 해결하기 어려워진다. 도망이 능사는 아니다.

모는 어떻게
개성이 되는가

자기만의 안전지대에 숨어 있지 말고 사람 사이로 나와 부딪혀보라. 자기 내면의 모에게도 기회를 줘야 한다. 관계 속에서 모가 드러나고 다른 사람의 모와 부딪히면서 멋있게 다듬어갈 기회 말이다. 강철이 여러 번의 담금질을 통해 더 단단해지듯이. 강철이 불에 달궈진 채 두드려 맞는 것을 두려워한다면 가치 있는 도구가 될 수 없다. 부단히 담금질 속에서 위엄 있는 검이 되는 것처럼, 우리 역시 마찬가지다.

모를 다듬어 자신만의 빛나는 개성으로 만들기 위해서는 먼저 두 가지 노력이 병행되어야 한다. 하나는 모가 어떤 형태로 발현되고 있는지 스스로 점검하는 것이다. 다른 하나는 다른 사람과 만나고 어울리는 과정에서 부정적 기억을 긍정적 경험으로 바꾸려는 노력이다.

이 세상에 똑같은 사람은 단 한 명도 없고, 모두가 똑같아져야 할 필요도 없다. 제각각의 사람들이 자기 개성을 살리고, 또 한편으로는 모난 구석을 맞춰가며 살아가는 게 바로 삶이다.

다시 한 번 강조하고 싶다. 모든 사람이 모를 가지고 살아간다. 우리가 살아가는 이곳은 '모난 사람들'의 세상이며, 모난 이들끼리 만나 서로를 다듬으며 치유해준다. 망설이거나 두려워하지 말고 지금, 사람들 속으로 들어가자.

모두가 상처를 말한다.
도대체 가해자는 어디에 있는 걸까.
모난 돌과 모난 돌의 대화는
아름다울 수 있을까.

너는 너의 소리를
내면 돼

우리는 다른 사람과 같아지기 위해
인생의 4분의 3을 빼앗기고 있다.
_쇼펜하우어

'모'를 다듬는 데 좋은 방법 중 하나는 다른 사람과 호흡을
같이하는 것이다. 여기서 다른 사람이란 '나와 다른 기질을 가
진 사람'을 의미한다.

나는 대학에 다닐 때 돈과 씨름하느라 동아리 활동을 한 번
도 해본 적이 없다. 아르바이트에 바빠서 친구들과 어울리며
시간을 보내기도 어려웠다.

그렇게 사람들과 호흡을 제대로 맞춰보지 못한 사람이 지
휘자가 되었으니, 호흡을 맞춰가는 어려움은 말로 다 표현하
기 어려울 정도였다. 특히 처음 지휘자가 되었을 땐 오로지 음

악과 나의 지휘에만 신경 쓰느라 사람들과의 호흡에 대해 깊이 생각해보지 못했다. 어쩌면 사람들과 함께 호흡하는 법을 몰랐던 것 같다.

열네 가지 목소리의
오묘한 어울림

나는 단원들에 대한 배려가 많이 부족한 지휘자였다. 사람의 목소리는 컨디션과 그날의 감정에 따라 좋을 때도 있고 나쁠 때도 있다. 그러나 혈기가 앞서던 시절 나는 오로지 음악만이 중요했다.

앞만 보고 달려가며 내 음악에 부합되지 못하는 소리를 내는 단원이 있으면 그 자리에서 타박하고 상처를 주는 말을 내뱉기 일쑤였다. 그러다 보니 단원들 사이에 지휘자에 대한 불만이 쌓여갔던 것도 사실이다.

한 해 두 해 시간이 가면서 지휘자로서 단원들과 호흡을 맞추는 데 점점 더 신경을 쓰기 시작했다. 그러면서 새롭게 다가온 것이 바로 사람들의 '목소리'였다. 합창단원들을 선발할 때

소프라노, 알토, 베이스, 테너 등의 파트를 나누어주기 위해 목소리 테스트를 간단히 한다. 피아노 건반의 소리를 듣고 그 음에 맞춰 목소리를 내는 가벼운 테스트다.

어떤 사람은 높은 소리를 쉽게 내지만 낮은 소리는 아예 내지 못한다. 또 높은 소리는 낼 수 없지만, 바리톤 영역에서 훌륭한 소리를 내거나 베이스의 울림을 잘 표현해내기도 한다. 그럴 때면 지휘자로서 오묘한 기분이 든다. 눈에 보이지 않고 오로지 귀를 통해 듣는 목소리가 사람마다 제각기 다른 매력과 개성을 지니고 있기 때문이다.

높은 소리를 잘 내는 사람만 귀한 것이 아니다. 하나의 아름다운 음악을 만들어내는 과정에서는 모든 목소리가 다 귀중하다. 다양한 목소리를 가다듬어 하나의 곡으로 완성해가는 것이 합창이라는 예술이기 때문에 기대감을 갖고 모두를 귀하게 생각해야 한다. 또 가끔 합창곡에 등장하는 솔로(solo) 파트에서는 개성 있는 개인의 목소리가 다양하게 필요할 때도 있다.

성악에서는 사람의 목소리를 음역에 따라 열네 가지 종류로 나눈다.

다음 표는 목소리의 유형을 여성과 남성 별로 세분화한 것

사람마다 다른 **목소리의 종류**

여성음역	소프라노 soprano	콜로라투라 coloratura	높은 음과 복잡한 꾸밈음. 화려한 음색 '색이 있다'는 뜻
		레지에로 leggiero	가볍고 발랄한 목소리. '가벼운'의 뜻
		리릭 lyric	드라마틱 소프라노보다 가볍고 레지에로 소프라노 보다 무거운. 서정적 표현의 음색
		리리코 lirico	따뜻하고 밝은 음색
		드라마틱 dramatic	소프라노 중 가장 낮은 음역. 풍부한 성량. 강하고 어두운 음색
		스핀토 spinto	쭉쭉 뻗어나가는 울림. '밀어붙이다'의 뜻
		크로스파흐 cross-Fach	낮은 음역을 잘 부르는 큰 목소리
	알토 alto	콘트랄토 contralto	여성 최저 음역. 메조소프라노와 테너 사이의 음역
남성음역	테너 tenor	레지에로 leggiero	가볍고 날렵한 음색
		리리코 lirico	따뜻하고 우아한 목소리. 서정적 표현의 음색
		스핀토 spinto	리리코의 밝기와 높이에서 좀 더 무게감 있는 목소리
		헬덴 helden	어둡고 극적이며 풍부한 목소리. 독일어 '영웅'의 뜻
	베이스 bass	바소 칸탄테 basso cantante	서정적 표현이 가능한 베이스, 노래하는 베이스
		바소 부포 basso buffo	익살스럽고 명확한 발음이 특징

인데, 우선 여성 음역을 '소프라노와 알토'로 남성 음역을 '테너와 베이스'로 나누었다.

그다음에 다시 인간의 성역 중 가장 높은 영역인 소프라노에서부터 가장 낮은 음역인 베이스까지 다양하게 세분화했다. 여성 영역과 남성 영역을 구분하긴 했으나, 성별의 구분을 뛰어넘어 목소리를 내는 사람도 있으니 인간의 목소리란 얼마나 흥미로운 악기인지 모른다.

흔히 세계적인 성악가 조수미는 '콜로라투라'로, 신영옥은 '레지에로'로 분류한다. 세계 3대 테너 중 한 명인 루치아노 파바로티는 '리리코'에 어울리는 목소리로 유명하다.

소리는 달라도 호흡은 같다

다양한 음색과 음역을 가진 사람들이 모인 합창에서 각자의 소리로 발성하려고만 한다면 결코 좋은 음악이 만들어질 수 없다. 커뮤니케이션도 마찬가지다. 음악가의 음색처럼 각자 고유한 개성과 배경을 지닌 이들이 더불어 살기 위해서 때로는 불협화음을 견디기도 하면서 상대와 나를 조율해야 한다. 성악가들이 자신의 고유한 음역과 음색으로 아름다운 음악으로 표현하기 위해 상대의 호흡에 귀 기울여야 하듯이, 대인 관계에서도 상대의 감정 상태를 배려하고 이해하는 데 집중해야 한다. 내 입장에서만 생각할 게 아니라 역지사지를 하는 것이다.

대인 관계에서 상대를 이해하기 위해서는 어떤 노력이 필요할까? 먼저 아무런 편견 없이 다른 점을 인정하는 것이 중요하다. 나 역시 기질이 다른 사람을 그 자체로 인정하기 위해 나의 선입견을 버리려고 부단히 노력했다. 상대가 나와 다르다는 점에 대해 가치 판단을 하지 않고, 먼저 그들이 그렇게 행동하는 방식과 이유를 이해해보려 했다.

물론 그동안 나의 경험, 습관, 관습 등 편견에 사로잡혀 상대를 오해한 경우가 많았다. 다행히 합창단 지휘를 하며 고유한 음색을 가진 사람의 소리를 듣고 함께하기 위한 '호흡'을 고민했기에 이를 내 생활 전반에 적용할 수 있었다.

인간관계를 이야기하면서 이렇게 목소리에 대해 언급한 것은 같은 공기를 마시며 호흡하지만 목소리처럼 기질과 성향이 제각기 다른 사람들이 이 세상에 살고 있음을 강조하고 싶어서다. 맞고 틀리고의 문제가 아니라 다름의 문제인 것이다.

우리는 모두 자기만의 '개성'을 지닌 주체적 존재들이다. 그러니 나와 맞지 않는 사람이라고 단정 짓고 거리를 두기 전에 그 사람만의 개성을 인정하고 받아들이는 연습을 해야 한다.

"베토벤의 마지막 교향곡"

1824년 2월, 새로운 교향곡이 세상에 발표된다. 바로 베토벤의 교향곡 제9번이다. 그가 교향곡 제8번을 작곡한 지 10여 년이 훌쩍 지난 후였다. 베토벤이 오래도록 작품을 발표하지 않자 사람들은 그의 창작력이 이미 다 소진된 거라고 생각했고, 하나둘 그를 외면하기 시작했다.

그 시기에 베토벤은 사람들의 관심과 함께 인생의 전부였던 음악이 점점 자신에게서 멀어지고 있음을 느꼈다. 소리가 들리지 않게 된것이다. 청력과 함께 건강 상태도 빠르게 악화되어 간경화까지 찾아왔다. 그야말로 엎친 데 덮친 격으로 안 좋은 일들이 연이어 그를 잠식했다. 하지만 놀랍게도 그는 매일 밤, 작곡에 몰두했다. 소리가 완전히 들리지 않게 되었을 때도 작곡을 멈추지 않았다. 교향곡 제9번은그렇게 온갖 시련 속에서 완성되었다.

1824년 5월, 빈의 케른트너토어 극장에서 베토벤 교향곡 제9번의초연이 시작되었다. 무대 위에서 베토벤은 들리지 않는 귀를 대신해악보의 페이지를 넘기며 박자를 셌다. 긴 연주가 끝나자 객석에서는엄청난 박수와 함성이 쏟아져 나왔다. 그는 초연을 마치고 몇 년 후에 숨을 거둔다. 그리하여 9번 교향곡은 그의 마지막 교향곡으로 남게 되었다.

학창시절, 음악시간을 통해 베토벤의 교향곡 제9번을 처음 접했다. 오케스트라와 합창은 단번에 내 감각을 매료시켰고, 4악장 〈환희의 송가〉에서 전율을 느꼈다. 4악장에 등장하는 베이스 솔로, 합창으로 이어지는 중간 중간 솔로의 앙상블 그리고 웅장한 합창과 오케스트라⋯⋯. 나는 깊은 감동에 빠져 그 아름다운 소리를 온몸으로 흡수하고 싶을 정도였다.

감상이 끝난 뒤, 선생님은 교향곡 제9번이 탄생하게 된 비화를 들려주셨다. 그의 불행한 상황이 마치 나의 일처럼 느껴졌다. 그토록 절망적인 상황에서도 그가 멋진 교향곡을 만들어낼 수 있었던 근원은 무엇이었을까?

작곡가에게 소리가 들리지 않는다는 것은 형벌 같은 일이었으나 음악을 향한 그의 열정을 무너뜨리지는 못했다. 그를 덮친 시련보다 음악을 향한 그의 사랑과 열정이 훨씬 더 컸기 때문이다. 그의 삶은 모든 문제의 원인이 내가 아닌 타인에게 있으며, 나를 둘러싼 불우한 환경 때문이라 생각했던 나를 돌아보게 했다.

베토벤의 마지막 모습과 그의 교향곡은 내게 고민을 떨치고 일어날 수 있는 용기, 모든 것은 나의 내면에서 시작된다는 교훈을 주었다. 아무리 큰 시련도 내가 포기하지 않는 한 나를 쓰러뜨릴 수 없다. 우리가 남다른 실력을 갖게 된다는 건 실패를 거듭하면서도 멈추지 않았음을 의미한다.

2장

관계에도
악보가 있다면

—

소통과 인간관계

목소리는 곧
당신의 분위기

부드러운 말로 상대를 설득할 수 없는 사람은
위엄 있는 말로도 설득할 수 없다.
_안톤 체호프

"안녕하세요, 김진수 지휘자입니다."

성악 전공자인 나는 사람들에게 인사말만 건네도 환호를 받곤 한다. 깊은 울림이 있는 저음의 베이스 톤 목소리 때문일 것이다. 그런데 이런 목소리에도 단점은 있다. 베이스 톤의 목소리는 여운이 길어서 장시간의 강의에는 적합하지 않다.

베이스의 울림이 어느 정도로 긴지는 악기로 비유하면 잘 알 수 있다. 오케스트라에서 '끊고 맺음(articulation)'을 할 때 콘트라베이스 > 첼로 > 비올라 > 바이올린 순으로 끊어야 똑같이 멈추는 효과를 얻을 수 있다. 콘트라베이스의 여운이 가장 길고, 바이올린은 상대적으로 짧은 탓이다.

그래서 강연장에서 두 시간 넘게 강의를 이어가면 내 목소리는 '웅웅웅' 하고 울려 퍼진다. 당연히 강사 시절 초기의 강의 평가는 좋지 않았다. "열정적이고 강의 내용도 재미있다"는 평가만큼이나 "강사와 거리가 멀어질수록 웅얼거리는 것처럼 들려서 알아듣기 어렵다", "내용이 또박또박 들리지 않는다"는 부정적 평가도 많았다. 당시에는 이런 평가가 무척이나 아쉬웠다.

음성도 얼굴처럼 가꾸는 것

목소리에 대한 평가 이후 나는 강사로 살아남기 위해 꾸준히 호흡과 발성을 연습했다. 타고난 외모를 바꾸는 것은 쉽지 않지만 목소리는 노력하면 비교적 빨리 바꿀 수 있다.

성악을 통해 바른 자세와 호흡법, 발성법은 익히 알고 있으니 말로 잘 전달하는 게 문제였다. 아나운서나 배우들이 연습하듯 입에 볼펜을 물고 하루 몇 시간씩 연습하며 발음 교정에 나섰다. 발음 교본을 사서 따라 읽기도 하고, 강연할 내용을 글로 적어 미리 낭독하기도 했다. 그 외에 말할 때의 고저장단과 소리의 울림, 전달력 등을 신경 쓰며 목소리를 조절하는 연습을 틈날 때마다 했다.

결국 나는 각고의 노력 끝에 에너지가 넘치고 전달력 있는 강사로 거듭날 수 있었다. 강의 10년차가 넘은 요즘도 발음을 하나하나 씹어 말하기도 하고, 좋은 목소리와 발성을 위해 성대관리도 꾸준히 하고 있다.

현대사회는 외모를 중시하는 사회 풍조 탓에 상대적으로 목소리의 중요성이 덜 부각되는 경향이 있다. 그러나 목소리는 대인관계에 있어서 첫인상과도 같다. 성격 유형이나 지적 수준을 판단하는 근거가 되기도 하고, 의사소통 능력을 결정짓는 중요한 요소로 작용한다. 목소리 톤, 발성, 발음 등은 조금 과장해서 말하면 그 사람의 내적 역량을 가늠케 하는 척도이기도 하다. 무엇보다 커뮤니케이션에 있어 중요한 경쟁 요소이자 도구가 된다.

호흡과 발성, 목소리가 좋으면 의사소통을 할 때 전달력이 높아져 대화를 유연하게 이끌어가는 데 도움이 된다. 특히 의견 충돌이 있는 상황에서 상대를 설득해야 할 때, 차분한 호흡과 명확한 발성, 호감을 주는 목소리를 가진 사람은 자신의 주장을 보다 효과적으로 전달할 수 있다. 대학 입시 면접, 취업 면접, 회사 내에서의 프레젠테이션과 영업 활동, 강의나 교육 활동 등에서도 좋은 목소리는 중요한 경쟁력이 된다.

성악가에게 목소리가 자신만의 음악성을 상징하는 도구이듯 일반인에게도 목소리는 개성을 드러내는 중요한 요소이므로 외모에 들이는 노력만큼 목소리를 가다듬고 관리할 필요가 있다.

혼자만의 세계도 중요하지만 타인과의 관계 속에서 발견하는 나의 존재 또한 중요하다. 스스로의 다양한 모습을 발견하고 정제하며 가꿀 수 있는 사람이라야만 타인과의 만남도 성숙하게 만들어갈 수 있다.

"때늦은 공부, 열정은 시간을 이긴다"

음대, 특히 성악과를 졸업한 이후의 진로는 크게 두 갈래 길로 나뉜다. 유학을 가거나 시립합창단 단원으로 들어가 돈을 버는 것. 유학을 하며 더 넓은 세상에서 음악을 배우고 싶었지만 현실이 발목을 잡았다. 선택의 여지없이 시립합창단에 들어가야 했다. 합창에 대한 두려움을 완전히 떨치지는 못한 상태에서 시립합창단 오디션을 준비했다.

결과는 처참했다. 전부 낙방. 부족한 나의 실력 탓이었다. 시립합창단 오디션 과정 중에는 처음 접한 악보를 보며 노래를 부르는 '시창(視唱)'이 있는데, 내게는 너무 어려웠다. 처음 보는 악보를 빠르게 이해하고 바로 노래로 구현할 수 있으려면 악보를 보는 능력이 좋아야 한다. 하지만 음악을 늦게 시작한 내게 시창은 넘기 힘든 산이었다.

신입생 시절에는 관심도 없던 교내 합창단 오디션에 덜컥 합격을 하더니, 이제는 유일한 나의 진로인 합창단 오디션에서 낙방의 고배를 마시는 신세라니……. 어느 것 하나 내 뜻대로 되는 일이 없었고, 절망적인 마음뿐이었다.

2개월 뒤엔 국립합창단 오디션이 있었다. 여러 차례 거듭된 낙방으로 자신감을 잃은 나로선 남은 오디션도 불안했다. 하지만 마냥 주저

앉아 있을 수는 없는 노릇이었다. 지푸라기라도 잡는 심정으로 악보를 보며 공부했다. 그런데 악보를 들여다보고 있자니, 힘들었던 메스터코랄 합창단 시절이 새록새록 떠올랐다.

노래라는 게 내가 부르고 싶은 대로 부를 수 있는 것이 아니었다. 합창단을 벗어나면 자유로워질 거라 생각했지만 그렇지 않았다. 현실의 나를 돌아보니 덜컥 겁이 났다. 그때는 정해진 틀 안에서 음악이라도 할 수 있었는데, 지금은 오디션 합격조차 못하고 있지 않은가. 결코 쉽사리 시작한 음악이 아닌데, 언제까지 이상과 현실의 괴리에 빠져 우왕좌왕할 수는 없었다.

나는 점점 절박해졌다. '내 마음대로 노래하고 싶다'는 소망을 잠시 접어두고 특단의 조치를 취했다. 현실에 발을 딛지 않고 뜬구름 잡듯 이상향만 바라볼 순 없는 노릇이었다. 세 권의 시창 책을 구입해 하루 8~9시간 연습하여 모두 외워버렸다. 결국 1차 오디션에 합격했고, 나는 다시 합창의 세계에 발을 들여놓을 수 있었다.

보통 악기를 연주하는 아이들은 10세 이전부터 음악 공부를 하며 악보를 본다. 성악이나 합창을 하는 아이들은 늦어도 변성기가 끝날 즈음부터는 악보를 보기 시작한다. 그들에 비해 나는 10년 이상 늦게 시작했다. 당연히 악보를 보는 능력에서도 엄청난 간극이 있는 셈이다.

앞서 말했듯이 시창은 악보를 보고 부르는 능력인데, 어려운 노래는 당연히 악보도 매우 어렵다. 나처럼 음악을 늦게 시작한 사람은 악보를 보는 훈련이 부족해 다른 사람들보다 속도가 더디다. 그래서 그만큼 더 많이 노력해야 했다. 결국 나는 악보 보는 능력을 기르기 위해 시창 책을 모조리 외워버리는 방법을 택한 것이다.

이때 내가 중요하게 느낀 것은 기본기의 중요성이다. 악보를 보고 노래를 부르는 기본적인 훈련이 잘 돼 있어야 곡의 해석력도 좋아진다. 더 멋진 소리를 내거나 나만의 감성을 싣는 건 그다음 일이다. 숫자조차 외우지 않은 상태에서 더하기나 빼기, 인수분해를 할 수 없는 것과 같다. 건물을 지을 때도 기초 공사가 튼튼해야 건물이 오래 가지 않던가.

나만의 호흡 그리고
너만의 호흡

단순함이란 궁극의 정교함이다.
_레오나르도 다빈치

성악가에게 호흡은 매우 중요하다. 호흡을 통해 산소를 얻고 그것이 에너지가 되어 비로소 아름다운 소리를 낼 수 있다. 그래서 성악에 입문하면 제일 먼저 '호흡과 발성'을 배운다. 바른 자세로 복식호흡을 완벽하게 하도록 훈련하는 것은 기본 중의 기본이다. 세계적인 테너 엔리코 카루소도 "호흡을 이해한 자만이 노래한다"라는 말을 남겼다.

호흡은 합창에서도 매우 중요한 역할을 한다. 모두들 제각기 호흡하는 것 같지만 동시에 같은 길이만큼 호흡하기 위해 노력한다. 그래서 세계적인 합창단일수록 노래할 때 호흡 소리가 명확히 들린다. 지휘자와 함께 호흡하면서 어떤 때는 호흡을 짧게, 어떤 때는 격하게, 또 어떤 때는 호흡을 적게 한다.

사람은 하루 평균 약 2만 번의 호흡을 한다. 이 호흡이 멈추는 순간 삶도 마감하게 된다. 그래서 호흡을 곧 '생명'이라 말한다. 호흡은 개인의 삶뿐 아니라 인간관계를 원만하게 이어나가기 위해서도 아주 중요하다. 나만의 호흡을 찾아 삶의 균형을 유지하듯, 인간관계에 있어서도 서로 간의 호흡을 이해하고 맞춰나가야 원만히 관계를 유지해나갈 수 있기 때문이다.

그렇다면 호흡은 구체적으로 어떤 의미를 지니고 있을까. 지식백과 사전에 '호흡'이라는 단어를 입력해보면, 호흡의 목적을 설명해놓은 부분에 눈길이 간다. 그 내용이 우리의 예상을 벗어난 것이기 때문이다. 그 설명에 따르면, 호흡은 '산소를 얻기 위함이 아니라 이산화탄소를 빠르게 제거하기 위한 것'이다(네이버 지식백과). 즉 불필요한 것을 없애고 꼭 필요한 것을 받아들이기 위해 호흡하는 것이다.

우리의 삶도 마찬가지다. 반드시 채워 넣어야만 행복한 것은 아니다. 오히려 비우는 삶을 지향할 때, 상대에게 무언가 받기를 바라지 않을 때 그만큼 타인을 이해할 마음의 여유가 생겨나기도 한다. 모가 난 사람들이 만나는 인간관계에서는 언제나 문제가 발생한다. 그 문제를 해결하는 첫 번째 방법은 '호흡을 이해'하는 것이고, 두 번째는 '호흡을 서로 맞춤'으로써 해결 가능하다. 여기서 호흡을 이해한다는 말은 나를 내려놓고 다른 사람의 이야기를 받아들이는 과정에서 관계를 움직이는 일종의 '순환'을 이해한다는 것이다.

호흡의 리듬과
관계의 흐름

한국에서 합창 지휘 세미나가 열렸을 때의 일이다. 나는 운 좋게 노스텍사스대학 합창지휘과 교수이자 미국 합창지휘자협회장인 제리 맥코이(Jerry MaCoy)에게 테스트를 받을 수 있었다. 열심히 손을 저으며 지휘하던 중, P(피아노, 여리게) 부분을 멋있게 보이고 싶어 손을 얼굴 쪽으로 모아서 지휘했다. 이 모습을 지켜본 맥코이 교수가 내게 이런 말을 했다.

"그건 지휘자가 멋있어 보일 수는 있어도 단원들과 호흡을 맞추는 데는 부적절해 보입니다. 당신이 그렇게 지휘할 경우 단원들은 모두 어깨가 들린 상태로 호흡이 떠 있을 거예요. 지휘자는 본인의 멋보다 단원들의 호흡에 대한 기본적인 이해가 있어야 하며, 그들의 호흡에 맞게 지휘해야 합니다."

이 말을 듣고 나는 큰 충격을 받았다. 그것은 지휘에 대한 패러다임을 완전히 바꾸는 계기가 되었다. 훌륭한 지휘자는 진정으로 단원들을 배려하고 그들이 편안한 상태에서 노래할 수 있도록 호흡을 맞춰주는 지휘를 해야 하는 것이다. 물론 이렇게 하는 것은 쉽지 않다. 그래서 호흡을 이해하고, 제대로 호흡하는 훈련이 필요하다.

'호흡을 맞춘다'는 말은 음악에서뿐 아니라 일상생활에서도 관용적으로 자주 사용한다. 상대와 일을 해나가면서 서로의 뜻을 이해하고 함께 잘 해결해나가는 것을 이르는 말이다.

대화를 나눌 때도 들이쉬고 내쉬는 호흡, 숨의 리듬을 상대에게 맞추면 이야기가 훨씬 더 원활하게 진행된다. 반면 상대가 이야기할 때 그와 완전히 다른 호흡으로 숨을 크게 들이쉬거나 내쉬면 상대는 이야기를 멈추게 된다. 흐름이 끊기기 때문이다.

대화하며 의사소통하는 일에서부터 크게 도모하는 일까지, 자신과 상대의 호흡을 이해하고 맞추는 데서 시작해보자.

호흡은 곧 생명이다.

우리가 호흡을 맞추지 못한다면

우리가 맺은 관계의 수명은 다하고 만다.

인간관계에도
악보가 필요하다

재능은 게임을 이기게 한다.
그러나 팀워크와 이해력은 챔피언을 만든다.
_마이클 조던

음악에는 K-POP, 록큰롤, 재즈, 클래식 등 다양한 장르가 있다. 우리가 알고 있는 도, 레, 미, 파, 솔, 라, 시, 도로 이루어진 음계는 어느 장르에나 사용된다. 다만 이 음계가 어떤 방식으로 표현되고 어떻게 조화를 이루는지에 따라 장르가 결정되고 소리가 달라진다.

역사적으로 인간은 사회적 상호작용을 시작함과 동시에 음악을 발생시켰다고 본다. 동물 역시 그들만의 울음소리를 낼 수는 있다. 하지만 그것은 인간이 만들어내는 음악적 음률과는 다르다.

기계가 흉내 낼 수 없는
사람과 사람 간의 조화

지금은 전자 음악이 발달해 미디(MIDI, Musical Instrument Digital Interface. 전자 악기와 컴퓨터 연결 장치 및 프로그램)를 이용해 한 사람이 여러 악기를 활용해 음악을 만들 수 있다. 그러나 기계로 찍어낸 화음보다는 여러 사람이 함께 연주하는 음악이 더 아름답다. 기계가 아무리 완벽한 음을 구현해내도 사람의 손길이 만들어낸 음악을 능가할 수는 없다.

이유는 간단하다. 음악이 표현 예술이기 때문이다. 음악에는 인간의 감정, 관계, 역사가 담겨 있다. 이는 기계가 흉내 낼 수 없는 영역이다. 그 음악을 담아내는 것이 바로 악보다.

악보는 여러 음정과 더불어 다양한 음악 기호로 이루어져 있다. 그것들이 일정한 규칙에 따라 조화를 이루면 음악이 탄생한다. 악보에 음과 박자를 아무렇게나 적어 넣는다면 그것은 음악이 아니다. 피아노의 건반을 내키는 대로 마구 눌렀을 때 그것을 연주라고 부를 수는 없듯이 말이다. 규칙에 따라 질서와 조화를 만들어 악보를 완성해야만 그것이 연주가 되고 음악이 된다.

음악 기호를 보면 그 과학성과 섬세함에 놀라게 된다. 4분음표, 8분음표, 도돌이표, 제자리표, 온음표, 내림표, 크레셴도, 포르테, 메조피아노 등 음악의 표현 방식은 매우 세밀하다. 중요한 것은 이 모든 기호와 음계, 화음이 궁극적으로 하나의 목표를 위해 조화를 이룬다는 것이다. 그것이 바로 음악이다.

이러한 음악의 조화로움은 공동체와 그 결을 같이한다. 다양한 인간 군상이 모여 있는 사회 역시 개개인이 자유롭게 살아가되 상식과 규율로 적절히 통제하며 공존할 때 조화로운 공동체를 이룰 수 있다.

불협화음의 원인은
악보에 있다

인간을 하나의 음이라고 생각해보자. 어떤 사람은 도, 어떤 사람은 레, 어떤 사람은 레 샵 혹은 레 플랫일 수 있다. 인간은 모두 개성이 있기에 자신을 표현하는 방식도 제각각이다.

도와 레가 절대로 같을 수 없듯이 이 세상에 완전히 같은 사람은 있을 수 없다. 그렇기에 서로 다른 개성을 가진 우리는 공동체가 정한 규율과 규칙, 상식의 틀 안에서 타인과 사회적 상호작용을 하며 조화롭게 살아가야 한다.

또한 한 가지 음만으로는 음악이 될 수 없다. 다양한 음들이 화음으로 조화를 이뤄야 음악은 다채롭고 아름다워진다. 인간 공동체도 마찬가지다. 한 사람만 너무 두드러지거나 모든 사람이 다 같은 소리를 낸다면 이상적인 공동체가 될 수 없다. 다양한 개성의 사람들이 어울려 서로 다른 생각과 목소리를 내고 거기서 조화를 찾아갈 때, 그것이 발전하는 공동체가 된다. 그리고 그 구성원들은 행복감을 느낀다.

조화로움을 내재한 특성 때문인지 음악은 발달장애 아동에게 사회화를 학습시킬 때 종종 활용된다. 언어로 협동심을 가르치기는 힘들지만 음악은 가능하다. 음악을 접하면 이들은 본능적으로 음악의 조화를 느낀다. 아이들은 합창을 하면서 화합을 배우고 상호작용을 배운다.

내 목소리만 크게 내지 않고 주변 환경에 맞춰 목소리를 작게 낼 때도 있어야 한다는 것을 배운다. 나만 잘하면 되는 것이 아니라 주변 아이들도 함께 잘해야 더욱 고운 목소리가 된다는 것을 배운다.

흔히 사람들 사이의 갈등이 심화될 때, 우리는 '불협화음을 낸다'라고 비유적으로 표현한다. 공동체 내의 소통과 표현이 음악적 조화와 질서와 맞닿아 있음을 느낀다. 음악 특히 합창을 통해 우리는 공동체 안에서의 '표현의 지혜'를 배울 수 있다. 어떻게 사람들과 조화를 이룰지, 어떤 방식으로 다가갈지, 어떻게 좋은 인상을 남길지, 어떤 행동과 어투가 필요한지 음악을 통해 배우는 것이다.

만일 지금 당신이 누군가와 불협화음을 내고 있다면 당신이 잘못된 악보를 가지고 있는 것은 아닌지 살펴보아야 한다. 나 혼자만 전혀 다른 음을 내고 있지는 않은지, 다들 한 템포 쉬고 있는데 혼자 급한 마음에 소리를 당겨 내고 있지는 않은지 살피라는 말이다. 만일 그렇다면 당신의 악보는 수정이 필요하다. 인간은 결코 혼자 살 수 없다. 음 하나가 음악이 될 수 없는 것처럼. 그렇기에 인간관계에도 악보가 필요하다.

"서로 다른 소리를 맞춰나가는 원리"

가끔 혼자 하는 일은 잘하는데 함께 하는 일에는 미숙한 사람들이 있다. 자기 실력을 과신해 돋보이려 하거나 반대로 능력이 다소 부족해 자신감이 결여된 경우다. 미인들의 얼굴에서 가장 예쁜 부분만을 모아 합성했더니, 생각보다 아름답지 않은 얼굴이 나왔다는 기사를 본 적 있을 것이다. 그처럼 좋은 소리만 모아놓는다고 합창이 되는 게 아니다. 그 안에서 화음과 리듬이 살아나 어우러짐이 좋아야 한다.

성악과에 입학 후, 윤학원 교수님께 발탁되어 메스터코랄에 입단하게 된 나는 어렸을 때부터 레슨을 받아온 다른 학생들에 비해 음악적 기초가 상대적으로 부족했다. 그래서 겪어야 하는 힘겨움은 한둘이 아니었다.

합창의 핵심은 '서로 소리를 맞추는 것'이었기에 먼저 화음에 대한 깊은 이해가 필요했다. 기본 3화음, 부 3화음, 7화음 등 화음을 알아가는 과정이 복잡하고 어렵게 느껴졌다. 그뿐 아니라 합창은 정확한 리듬이 관건이라, 사분음표(♩), 팔분음표(♪), 십육분음표(♬) 등 그 타이밍에 맞춰 정확하게 목소리를 내는 것이 중요했다.

합창이 단순히 함께 노래하는 것인 줄만 알았던 내게는, 완벽하게 구성된 화음과 리듬을 요구하는 모든 조건들이 높은 장벽처럼 다가왔다.

더구나 노래를 내 느낌과 해석을 담아 마음대로 부를 수 없다는 것도 힘든 일이었다. 노래를 부를 때 가장 중요한 건 노래하는 사람의 '감정'이라고 생각해왔기 때문이다. 한데 나의 감정보다 다른 이들과의 조화를 먼저 생각하며 음표를 하나하나 따라가야 한다고 생각하니 몹시 혼란스러웠다.

연습은 끝없이 이어졌다. 더 이상 윤학원 교수님은 내 목소리를 칭찬해주지 않았고, 내가 가진 문제점과 실수들을 하나하나 날카롭게 지적했다. 단 하나의 실수도 그냥 넘어가지 않았다. 단원들이 노래를 시작하자마자 곧바로 "다시!"를 외치는 경우가 허다했다. 음정과 리듬 하나하나마다 틀린 소리를 잡아내는 모습은 정말 무서울 정도였다.

화음이란 서로 다른 높이의 소리들이 동시에 울려서 생기는 합성음(合成音)이다. 서로 다른 소리들이 하나로 합쳐져 전혀 다른 소리를 내려면 모두에게 공통된 약속이 있어야 한다. 군무를 출 때도 정해진 위치와 동작이 있고 그것을 어기면 전체가 흐트러지듯이 합창도 마찬가지였다. 그래서 아주 작은 것 하나까지도 섬세하게 체크하고 교정해주셨다.

수업에서 교수님께서 항상 강조했던 건 호흡과 템포 그리고 음악적 표현이다. 노래를 시작하기 전에는 교수님의 손끝에서 같이 호흡을 해야 했고, 템포(빠르기)를 정확히 맞추면서 음악적 표현까지 세밀하게 표현하는 것이 중요했다. 한 곡의 노래가 아니라 음 하나를 내뱉는 데에도 이 세 가지의 요소를 다 고려해야 했다.

조율할 수 없는
소리도 있다

아무것도 믿지 않는 것과
모든 사람을 믿는 것은 모두 잘못이다.
_세네카

고전주의 소나타 형식을 확립한 하이든은 100명이 넘는 제자를 두고 있었다. 온화하고 낙천적인 특유의 성품 덕분에 많은 이들이 멘토로 여기며 따랐다고 하는데, 그래서인지 '파파 하이든'으로 불렸다. 그를 따르던 이들 중에는 모차르트와 베토벤도 있었다.

하이든은 모차르트와 베토벤의 선배이자 음악적 스승으로 그들과 함께했다. 하이든은 그들의 음악적 재능을 인정하고 아낌없이 자신의 것을 나누며 교감하려 했으나 안타깝게도 제자들은 그러지 않았다. 음악적 자신감 때문이든, 성격적인 문제이든 간에 그들은 하이든에게 배운 것을 제대로 인정하지 않았고, 그를 스승으로 대접하는 마음도 거의 없었다.

그러나 하이든은 그런 두 사람을 원망하거나 탓하지 않았다고 한다. 음악적 스타일이 다름을 받아들였고, 그들의 실력을 인정하고 존중했다.

누군가에 대한 인정이나 믿음은 어디서 오는 걸까? 또 그 믿음이 배신이라는 이름으로 돌아왔을 때 품격 있는 사람이 취할 수 있는 자세란 무엇일까? 나는 파파 하이든에게서 이런 것들을 배웠다.

어울리지 않는 만남의 결과

"당신이 할 수 있는 가장 큰 모험은 당신이 꿈꿔오던 삶을 사는 것이다." 오프라 윈프리의 이 말처럼 나는 매일 매일 가장 큰 모험을 하고 있다.

사실 나는 기질적으로 사람 앞에 서는 것이 힘들다. 그럼에도 강사를 할 수 있는 것은 내가 들려주는 이야기에 귀를 기울이는 사람을 보는 것이 즐겁기 때문이다. 처음엔 심드렁하고 호의적이지 않던 사람들도 합창을 접목한 강의를 하면 즐기기 시작하고 강의가 끝날 무렵에는 모두 흥으로 가득 차 있다.

강의의 재미를 알아가고 강의 요청도 늘어나면서 강연에만 집중할 수 있도록 다른 일을 보조해줄 수 있는 시스템의 필요성을 느꼈다. 그러던 중 대기업 과장 출신의 지인을 만났고, 2011년에는 급기야 동업을 하게 됐다.

동업자는 사무·행정·영업 영역을 맡고 나는 강의에 열중하기로 했다. 줄곧 혼자 일해왔던 터라 파트너가 생기니 불편한 점도 있었지만 서로 시너지를 내며 동반 성장할 가능성을 믿었다. 처음에 만난 합창단원들도 시작부터 좋은 소리를 내는 것은 아니다. 서로 조율해가면 나중에 더 아름다운 소리를 낼 거라 믿었다. 하지만 이내 문제가 생겼다.

교육 시간과 장소를 잘못 알려줘 낭패를 보는 일이 한두 번이 아니었다. 나는 꼼꼼한 성격인 데다 강연은 다수의 교육생과의 약속이라 생각하기 때문에 교육날짜, 시간, 장소를 항상 메모했다. 미리 연락해 일정을 재확인하는 건 물론, 약속을 어겨본 일이 없다.

동업을 하면서 가장 힘들었던 점은 오랫동안 함께 일해오던 강사들과의 갈등이었다. 동업자는 실리만 추구할 뿐 강사들에 대한 이해와 배려가 없었다. 그동안 재미있게 일해왔던 강사들인데, 동업자가 끼어들면서 나를 미워하기 시작했고, 서로 상처를 주고받는 일이 생겼다. 갈등을 풀어보려 했지만 강사들은 굳게 마음을 닫았고, 이미 나에 대한 신뢰마저 잃은 상태였다.

그 와중에 동업자는 나를 홍보해주던 기업 교육 컨설팅 회사의 대표들과도 문제를 만들기 시작했다. 컨설팅 업체들이 내 동업자와 문제가 생기자 나와도 관계가 틀어졌다. 이때까지 나를 홍보하고 도와주던 컨설팅 회사 열다섯 군데에서 내게 등을 돌렸다.

이 문제들이 어디에서 온 건지 고민스러웠다. '대기업에서 일했던 사람이라 나랑 생각이 다른 거겠지', '뭔가 향상된 방법을 계획하고 있겠지'라며 동업자를 이해해보려 애를 썼다. 하지만 이해의 폭을 좁히기 위해 노력하면 달라질 거란 내 생각은 무참히 깨졌다.

가장 무서운 건
스스로에 대한 불신

동업자에 대한 믿음의 대가는 가혹했다. 모르는 번호로 걸려오는 전화뿐 아니라, 집 우편함에 꽂힌 편지만 봐도 심장이 두근거렸다. 모두 경찰서, 법원에서 오는 연락이었기 때문이다. 선의로 시작한 관계 때문에 2년 6개월 동안 법적으로 다투게 될 줄은 몰랐다.

설상가상 선임한 변호사마저 무성의와 불성실함으로 문제를 일으켰다. 변호사를 무려 세 번이나 바꿔야 했으니 말이다. 믿었던 선배 변호사에게도 실망하고, 세상에 혼자 버려진 것 같았다. 마지막 희망으로 다시 한 번 춘천고등학교 동문 신문을 들춰보았고, 다른 선배를 찾아 연락했다. 부장판사로 근무했던 선배, C 변호사였다.

C 변호사 사무실에 도착했다. 민사소송은 맡지 않는다고 딱 잘라 말했다. 나는 입술을 깨물었지만, 함께 갔던 어머니는 참았던 눈물을 터뜨리고 말았다. 어쩌면 C 변호사의 부정적이지만 단호한 답변이 우리가 마지막으로 신뢰할 수 있는 사람이라는 믿음을 줬는지도 모르겠다. 눈물을 흘리며 절절히 호소하는

어머니를 보며 C 변호사는 난처해했다.

어머니의 눈물에서 간절함을 느꼈기 때문일까. 결국 C 변호사 덕분에 문제를 해결할 수 있었고, 어려움을 이겨낼 힘을 얻었다. 그리고 영원히 조율할 수 없는 소리도 있다는 걸 알았다. 그런 만남은 애써 붙잡고 있기보다 빠르게 떨쳐내는 것이 오히려 현명한 선택이다.

하지만 동업을 통해 끔찍한 법적 싸움까지 겪었던 나는 한동안 사람들을 기피했다. 누군가를 만나는 것 자체가 피곤하고 힘든 일이었다. 특히 무엇보다 아무도 믿지 못하겠다는 강한 의심이 마음속에 자리 잡았다. 사람이 사람을 불신하게 된다는 것이 얼마나 피곤하고 슬픈 일인지 모른다. 그것은 자기 스스로를 좀먹게 하는 일이기도 했다.

사실은 그때 생긴 모가 아직 다 해결되지 않았다. 사람을 믿는다는 것이 여전히 두렵고, 일단은 타인의 말은 살짝 걸러듣는 습관이 생겼다. 어떤 사람이 하는 이야기를 진심으로 받아들이지 못하는 것이다. 그럼에도 나에겐 희망이 있다.

그 일을 겪고도 나는 다시 강사로 살고 있다. 때로는 사람이 두렵고, 때로는 진심이 의심되기도 하지만 그럼에도 나는 도망

가지 않았다. 불현듯 '혹시 저 사람도 날……'이라는 마음이 불쑥불쑥 올라올 때마다 그걸 단절의 신호가 아니라, 관계의 재점검 신호로 전환해 받아들이려 한다. 지난날의 나쁜 기억과 배신의 상처가 인생을 망치는 독이 아니라, 예방주사가 될 수 있도록 나를 다독이면서 오늘도 한 발 앞으로 내딛는다.

번개를 맞을 확률을 뚫고
내가 번개에 맞을 수도 있다.
그럴 때 중요한 것은
내가 번개에 맞았다는 사실을 인정하는 일이다.

잡음은 어떻게
화음이 되는가

"말하지 않아도 알아요~ 눈빛만 보아도 알아~ 그저 바라
보며~ 마음속에 있다는 걸~"

누구나 한번쯤 따라 불러보았던 유명한 과자 광고의 음악
이다. 말하지 않아도, 눈빛만 보아도 마음을 알 수 있다면 얼마
나 좋을까? 하지만 나는 이 가사에 동의하지 않는다. 말하지 않
으면 그저 눈빛만으로는 절대 그 누구도 상대의 생각과 감정을
알 수 없다. 우리가 독심술사는 아니지 않는가.

그런데 감정을 표현하는 것도 사람마다 달라 또 어려움을 겪는다. 화가 났을 때 아무 말도 하지 않는 사람이 있다. 혹은 다짜고짜 큰소리부터 지르며 얼굴을 붉히는 사람도 있다. 그 어느 쪽도 소통으로 이어질 수 있는 적절한 표현이 아니다. 자신의 감정을 정확하게 표현하는 것은 소통의 첫 번째 원칙이다.

합창에서는 이 소통의 원칙이 더욱 중요하다. 단원들은 모두 자신이 내야 할 소리를 '정확하게' 표현해야 한다. 가끔 자신이 내는 음을 확신하지 못해 소리의 끝을 흐리는 단원이 있다. 그렇게 음과 가사를 정확하게 표현하지 않는 단원들이 많아지면 합창은 제대로 이루어지지 않는다. 각자 자신의 파트에서 올바른 음을 내주어야 아름다운 합창을 들려줄 수 있다.

자신의 감정을 정확하게 표현하지 못하는 사람들을 종종 만난다. 나 또한 마찬가지였다. 나는 내 감정과 느낌을 표현하는 것이 두려웠다. 진짜 감정을 계속 숨기다 보니, 사람들과 함께 있는 내가 진짜 내가 아닌 껍데기인 듯한 느낌을 지울 수 없었다.

그러다 음악을 통해 나를 변화시킬 수 있는 기회를 얻었다. 피아노 건반 위에서 만들어지는 아름다운 화음의 향연에 빠져든 적이 있는가? 화음을 이룰 때 중요한 것은 '도'가 '도'의 소리를 내고, '레'가 '레'의 소리를 내는 것이다. 한 음 한 음이 자신의 소리를 정확히 내야 제대로 된 화음을 만들 수 있다.

나는 이 지점에서 진짜 나를, 내가 느끼는 감정을 정확하게 제대로 표현해야 한다는 깨달음을 얻었다. 그래야만 안정적이고 긍정적인 인간관계를 맺을 수 있다는 것도. 이제 나는 내가 느낀 감정, 나의 마음 상태를 제대로 이해하고 그것을 정확하게 표현할 수 있다.

흥얼거리기 전에 들어보라

소통의 두 번째 원칙은 경청이다. 경청은 수많은 책에서 강조하는 소통의 기술이다. 다른 사람의 감정과 느낌의 표현을 귀담아 듣는 경청, 이런 태도는 음악을 하는 데도 매우 중요하다.

합창을 할 때 귀를 닫고 자신의 소리에만 집중해서는 멋진 노래를 만들어낼 수 없다. 다른 단원의 목소리에 귀를 기울이고 거기에 나의 목소리를 더해야 아름다운 노래가 완성된다. 특히 모든 단원의 소리를 하나의 노래로 만들어야 하는 지휘자에게 있어서 경청은 절대 빼놓을 수 없는 중요한 덕목이다.

소통의 원칙을 이야기하다 보니 강의에서 만났던 중년의 부장이 떠오른다. 그날은 강연장에 들어서는 순간 무거운 분위기가 나를 엄습했다. 경상도의 50대 중역 남성들을 대상으로 한 강연. 어둡고 경직된 표정, 이미 수많은 교육에 참여해본 터라 웬만한 교육은 성에 차지 않을 듯 깐깐한 모습이었다.

'흔들리지 말자.' 굳게 마음먹고 강단에 올라, 내가 할 수 있는 최고의 행복한 표정을 지으며 질문을 던졌다.

"지금 제 표정 어떻습니까?"

"강사님, 바보 같습니다, 바보!! 크크!!"

한 중년 부장의 대답은 전혀 예상치 못한 말이었다. 강의 초반 중요한 타이밍에 그런 말을 들으니 기분이 좋지 않았다. 강사도 사람인데, 바보 같다는 말에 기분이 좋을 리 없었다. 첫 강의 후 휴식시간에 그가 나에게 다가왔다.

"혹시 아까 제가 한 말 때문에 기분 상한 거 아니죠? 재미있으라고, 분위기 좀 띄워보려고 그런 거예요."

"아, 그러셨군요."

"기분 푸세요. 남은 시간 동안 강의에 열심히 참여할게요!"

이후 강의를 이어가는 동안 그는 정말 적극적으로 강의에 참여했다. 대답도 잘하고, 적절한 타이밍에 웃어주고, 감동적인 이야기가 나올 때는 가장 먼저 크게 박수를 쳐주었다. 그가 긍정적인 쪽으로 분위기를 유도하니 다른 수강생들까지 덩달아 호응이 좋아졌다.

그가 어떤 사람인지 더욱 궁금해졌다. 쉬는 시간에 보니 그는 사람들에게 장난을 잘 치면서도 상대가 기분 상하지 않았는지 먼저 묻고 살피는 모습이었다. 조금 언짢을 만한 상황에서는 상대의 이야기를 듣고 오해를 풀 수 있도록 자신의 의도를 정확하게 밝혔다. 그는 소통의 두 가지 원칙을 잘 지키고 있었다. 자신의 생각을 잘 '표현'하고, 다른 사람의 이야기를 잘 '경청'했다.

음악은 곧
민주주의다

윤학원 교수님이 탁계석 평론가와 했던 인터뷰에서 '경청'의 중요성을 설명한 적이 있다. 경청과 음악을 연관 지어 설명한 통찰이 돋보이는 이야기였다.

'요즘 사회 문제가 되고 있는 것 중의 하나가 우울증인데, 합창을 하면 확실히 좋아집니다. 확 날아가버려요. 술로 풀면 중독이 되고 남에게 피해를 줄 수 있는 반면 합창에는 긍정적 효과만이 있죠. 기업 총수라도 혼자서 못하는 게 합창이에요. 그래서 합창을 하면 평등해집니다. 지위가 높다고 더 큰 소리를 내는 것도 아니고, 여러 사람 분의 소리도 내지 않지요. 조금이라도 튀면 화음을 방해해 문제를 일으키거든요. 어릴 때부터 이런 훈련이 되면 남을 배려하고, 남의 소리를 듣는 '경청 훈련'이 됩니다. 우린 정치가나 누구나 할 것 없이 남의 의견을 잘 들으려 하지 않고 자기 말만 하잖아요. 민주주의가 왔지만 의식 깊은 곳의 민주주의는 오지 않은 겁니다. 혼자서 마음의 것을 털어내지 못하니까 병이 생겨요. 서로 눈빛을 보고 섬세한 소리까지 예민하게 듣는 훈련은 그래서 합리적인 민주주

형태를 띠고 있습니다.'

나는 음악을 배우고, 지도하는 과정에서 표현과 경청이 인간관계에서 얼마나 중요한지 깨달았다. 나뿐 아니었다. 나와 함께한 사람들은 모두 목소리 톤을 조절하여 화음을 이뤄나가는 과정, 때로는 빠르게 때로는 느리게 박자를 맞춰나가는 시간을 통해 소통의 기본을 배웠다. 사람들은 음악뿐 아니라 음악을 통해 인간관계의 기술도 익혀나간 것이다.

더 나아가 민주주의 사회에서 남의 의견을 듣는 데 한 가지 더 기억해야 할 것은, 그렇게 배운 표현과 경청이 결국 공동체를 행복하게 만들었다는 점이다. 음을 맞추고 박자를 맞추며 음악을 만들어가듯 우리는 자신의 감정과 느낌을 정확하게 표현하며 긍정적 관계를 맺는 첫걸음을 떼었다. 그리고 그 걸음은 화해와 위로, 공감 등 소통의 다음 단계로 우리를 이끌었다.

음악을 하면서 우리들은 한 번 더 웃고, 한 번 더 행복했다. 이것이 음악을 통해 소통의 두 가지 기술을 배운 사람들의 긍정적인 변화다.

"한 방울의 얼룩이 된 것 같던 나날들"

메스터코랄 단원으로서 합창 연습은 계속됐다. 다른 단원들에게 민폐를 끼치지 않으려 부단히 신경 쓰고 노력한 결과 실력은 늘었지만, 자신감은 점점 아래로 곤두박질쳤다. 모두 화음을 맞춰 노래하는데, 나 혼자만 틀린 소리를 내고 있다는 생각이 계속되면서 나는 점점 움츠러들었다.

지휘자를 비롯해 모두가 예민해지는 합창 수업이 너무나 두려운 시간으로 느껴지기 시작했다. 교수님과 선배들의 굳은 얼굴은 맹수처럼 보였고, 그 속에서 나는 벌벌 떠는 작은 토끼 한 마리가 된 것만 같았다.

누구나 한 번 마음이 움츠러들면 자신감을 잃게 되고, 그 일을 하는 시간은 두려움과 고통이 된다. 나는 잘 그려진 그림에 튄 한 방울 얼룩처럼 느껴졌다. 출중한 실력을 자랑하는 팀에 걸맞지 않은 사람이 끼어들어 망치는 느낌. 마치 내가 그들과는 어울리지 않는 이방인이 된 느낌이었다.

자신의 실력을 의심하고, 자신이 하는 일에 확신이 없으면 있던 실력마저 발휘하지 못하게 된다. 자신감을 잃고 의기소침해지면 사람들을 멀리 하게 되니 대인관계에도 문제가 생긴다. 합창뿐 아니라 일생 생활이나 직장생활에서도 마찬가지다.

왠지 다들 제 삶을 잘 꾸려 가는데 혼자서만 뒷걸음질하는 느낌이 든다. 동료들에 비해 업무적인 능력이 떨어진다고 생각하면 눈치를 보게 된다. 자신의 무능력함 때문에 팀의 성과 평가가 나쁘게 나오기 까지 한다면 조직 생활을 하는 내내 주눅 들고 의기소침해질 수밖에 없다. 그렇게 되면 창의적인 아이디어나 도전적인 실행력은 절대 발휘되지 않는다.

한껏 움츠러든 나는 더 이상 노래하는 일이 즐겁지 않았다. 합창단에 들어온 것을 뼈저리게 후회했고, 이 생활이 끝나면 다시는 합창을 하지 않겠다고 매일 다짐할 정도였다. 그런데 참으로 희한했다. 힘든 연습을 하다가도 윤학원 교수님과 무대에 오를 때면 일련의 힘든 과정이 싹 잊히고 나도 모르게 흥이 났던 것이다.

지금까지도 유독 기억에 남는 연주가 하나 있다. 메스터코랄 단원으로서 처음 무대에 섰던 대학합창제 연주다. 서울대, 연세대, 한양대 등 내로라하는 대학 합창단이 선의의 경쟁을 하는 가운데, 중앙대 메스터코랄이 마지막 순서로 연주했다.

앞서 진행한 다른 팀의 연주를 보며 우리는 그 웅장함과 당당함에 이미 위축되어 있었다. 마침내 메스터코랄의 연주가 시작되었다. 나는 시간이 어떻게 흘러갔는지, 내가 소리를 어떻게 냈는지도 인지하지 못한 채 정신없이 교수님의 손에 이끌려 연주를 마쳤다.

바로 그때, 우레와 같은 함성이 들렸다. 사람들의 환호성이 공연장을 가득 메웠다. 난생처음 맛본 관객들의 호응은 분명 다른 합창단과 비교될 만큼 대단했다. 정신이 어리어리한 가운데서도 이내 성취의 희열이 나를 미소 짓게 했다. 지휘자의 손끝에서 느껴지는 예민한 호흡, 템포, 그리고 음악적 표현. 그로 인해 하나 되어 뿜어져 나오는 합창 사운드가 대단했다.

그때 느낀 전율을 어떻게 말로 설명할 수 있을까? 합창이 갖는 묘미야말로 이런 것이리라. 내가 돋보이기 위해 노래하는 것이 아니라, 서로의 소리에 귀를 기울이며 모두가 어우러져 조화로운 소리를 내는 것. 어쩌면 합창은 각기 다른 개성을 지닌 사람들이 부대끼며 살아가는 우리네 삶과도 닮아 있는지 모를 일이다.

진실한 소리에는
나이가 없다

보는 것은 믿는 것이지만,
느끼는 것은 진실이 된다
_토마스 풀러

"아~, 짱나!"

"할많하않."

"존버하자!"

요즘 10대 아이들과의 소통은 쉽지 않다. 이 아이들은 배가
고프거나 졸리거나 화가 날 때, 짜증나거나 지루할 때, 그 어떤
상황에도 딱 한 단어로 표현한다. 이런 말을 들으면 다른 세상
에 온 듯 당혹스러움을 경험한다.

그럼에도
진심은 통한다

한번은 중학생 아이들을 대상으로 강의를 한 적이 있다. 150여 명의 아이들을 앞에 두고 위대한 음악가 하이든, 모차르트, 베토벤의 삶과 그들의 음악을 통해 찾은 지혜를 이야기했다.

음악적 이론만 아니라 우리가 들어본 적 있는 음악가들의 삶을 함께 이야기하기 때문에 재미있고 좋은 시간이 될 수 있을 거라는 기대감을 안고 강단에 올랐다. 하지만 내 기대는 보기 좋게 빗나갔다.

아이들은 내가 하는 이야기에 전혀 관심 없었다. 거의 무반응이었다. '아~, 짱나!' 지루해하며 짜증을 내는 아이들 마음의 소리가 들리는 듯했다. 비스듬한 자세와 아니꼬운 눈빛으로 오로지 앞에 선 나를 어떻게 하면 놀려먹을 수 있을지 꼬투리만 찾는 것 같았다.

그런 분위기였으니 이야기를 이어나가는 일이 여간 힘든 일이 아니었다. 강연 시간이 흐를수록 나는 점점 땀이 나기 시작했고, 어떻게 이 상황을 수습해야 할지 막막했다. 그즈음 한

여자 아이가 나에게 이런 말을 건넸다.

"멀리서 오셨는데 아이들이 딴 짓만 하니까 힘드시죠? 그래도 저는 재미있게 듣고 있습니다."

내 상황을 헤아려 격려의 마음을 표현해준 그 아이에게 고마운 마음이 들었다. 대단한 말을 해주어서가 아니라 진솔하게 자신의 생각을 표현해준 점이 내게는 큰 힘이 되었다.

학생들이 모두 강사를 놀려 먹을 궁리만 하고 있는 것이 아니라 경청하는 아이도 있다는 사실을 알게 된 순간, 나의 마음은 크게 달라졌다. 모두들 내 이야기에 귀를 기울이지 않는다는 비관적인 생각에서 벗어났다. 누군가는 나의 이야기를 경청하고 있고, 또 딴청을 피우는 와중에도 누군가에겐 한마디 말이라도 마음에 남을 수 있다는 긍정적인 생각을 할 수 있었다.

더 나아가 내 이야기가 훗날 이 아이들의 인생에 도움이 될 수도 있으리라는 희망까지 품게 되었다. 덕분에 나는 힘을 내서 강연을 끝까지 잘 마칠 수 있었다.

　　지휘자에게도 감정을 진솔하게 표현하는 것은 매우 중요한 부분이다. 지휘자는 음악으로 대화할 뿐 언어로 말하지 않는다. 그는 자신의 몸짓과 지휘봉을 통해 단원들과 대화한다. 이런 대화는 진솔해야 한다. 너무 과장해서도 안 되고, 소심해서도 안 되고, 솔직하게 내 생각을 전달해야 한다. 그래야 단원들이 그 표현을 이해할 수 있고, 자신이 원하던 음악을 구현해낼 수 있기 때문이다.

　지휘자의 표현을 잘 이해하고 충분히 연습했음에도 불구하고 실수하는 단원이 있다. 실수는 누구나 한다. 하지만 그 실수에 대처하는 모습은 다를 수 있다. 어떤 이는 실수를 감추기에 급급하고, 어떤 이는 자신의 실수를 솔직하게 인정한다. 실수를 인정하는 일이 당장은 위기에 처하게 될 것처럼 느껴질 수도 있다. 하지만 그것은 착각이다. 잘못을 인정하는 것은 자신감의 표현이며, 용기라는 것을 모두들 알고 있다. 때문에 사람들의 신뢰를 얻을 수 있다.

　미국의 마티 스트라우드(Marty Stroud) 검사의 이야기를 보면 이러한 원리가 사회생활에서도, 인간관계에서도 다르지 않음을 알 수 있다. 스트라우드 검사는 자신의 실수로 한 흑인이 31년간 억울하게 옥살이를 했음이 밝혀지자, 그 흑인을 찾아가 진심으로 사과했다. 그는 피해자에게 끝내 용서받지 못했지만, 계속 반성하는 모습을 보여주었다.

사법부에 대한 국민들의 신뢰를 떨어뜨릴 수도 있었던 이 일은 진심으로 사과하는 스트라우드 검사의 행동으로 인해 오히려 신뢰를 높이는 계기가 되었다. 이것이 솔직하고 진솔한 표현의 힘이다.

"평소에 공손하고, 일을 하는데 신중하고, 사람을 대하는 데 진실하라. 그러면 비록 오랑캐 땅에 간다 할지라도 버림받지 않을 것이다."

공손하고 신중하고 진실한 사람을 싫어할 사람은 없다. 그런 사람을 만나면 누구든 마음이 열리고 호감을 갖게 된다. 우리 역시 그런 사람이 될 수 있다.

힘들 때마다 나를 일으켜주는 말들이 있다.

순수한 호의가 담긴 말 한마디는

강의를 하는 내게 귀한 선물이 된다.

침묵은 가장 슬픈
음악이다

음악이란 말로는 표현할 수 없는,
그렇다고 침묵할 수 없는 것을 표현하는 것이다.
_빅토르 위고

영화 〈이보다 더 좋을 순 없다〉의 멜빈(잭 니콜슨)은 뒤틀리고 냉소적인 성격으로 자신의 마음을 신랄하고 비열한 독설로밖에 표현할 줄 모르는 사람이다. 그런 그가 웨이트리스 캐롤 코넬리(헬렌 헌트)를 만나 조금씩 흔들리더니 어느 순간 "당신은 내가 더 좋은 남자가 되고 싶게 만들어요"라고 말한다.

사랑하는 사람으로 인해 자신의 마음을 멋지게 표현하는 사람으로 변화한 것이다. 이후 그의 삶이 더욱 풍성하고 행복해진 것은 당연한 결과다. 멜빈의 경우처럼 자신의 마음을 어떻게 표현하느냐에 따라 우리의 삶은 크게 달라질 수 있다.

지휘자는 그냥 팔을 휘젓는 것이 아니다. 지휘봉으로 자신의 음악적 해석을 단원들에게 전달하는 것이다. 북을 치는 사람을 떠올려보자. 어깨부터 손끝까지 힘을 잔뜩 주어 경직된 상태에서 북을 친다면 그는 아마추어다. 반면에 전문가는 북채를 올리고 내리는 순간 힘을 조절해 북 소리에 세밀한 변화를 준다.

하나의 곡, 백 가지 표현

지휘자도 마찬가지다. 팔을 양쪽으로 뻗었을 때와 앞으로 나란히 했을 때의 공간 안에서 자신이 해석한 음악을 지휘봉의 움직임을 통해 단원들에게 얼마만큼 잘 표현하고 전달하느냐에 따라 실력이 판가름 난다. 지휘자가 언제 강하게 휘몰아치고, 언제 잠잠히 기다리고, 언제 누가 두드러지게 앞으로 나와야 하는지를 지휘봉으로 잘 전달해야만 음악의 분위기와 깊이와 풍부함이 제대로 표현될 수 있다.

지휘자와 마찬가지로 우리도 시간과 공간을 얼마나 잘 사용하느냐에 따라 삶이 풍성해질 수도 있고 버거워질 수도 있다. 특히 바쁘다는 말을 입에 달고 사는 우리들에게는 한 템포 쉬어가는 시간적·공간적 여유가 반드시 필요하다. 끝없이 휘몰아치기만 하는 음악이 아름답게 들리지 않듯이 쉼 없는 삶 역시 결코 아름다울 수 없다.

장작에 불을 지필 때 나무를 너무 촘촘히 쌓으면 빈 공간이 없어 불이 잘 붙지 않는다. 나무와 나무 사이의 빈 공간이 작은 불씨를 큰 불꽃으로 만들듯이, 우리 일상생활의 시간적·공간적 여유는 우리 삶을 더욱 풍성하게 만들어준다.

지휘는 표현의 예술이다. 때문에 기본 지휘 패턴을 익힌 후에 지휘자는 자신의 개성을 입혀 새로운 예술로 재창조해야 한다. 이때 음악적 표현인 다이내믹스(dynamics)와 아티큘레이션(articulation)과 더불어 템포, 리듬, 프레이징(phrasing, 음악의 흐름을 유기적 의미로 구분하는 것) 등을 어떻게 지휘자 자신만의 방식으로 표현해내느냐가 중요하다.

다이내믹스는 악보상의 강약을 파악하고 지휘자의 해석을 덧붙여 어떤 부분에서 세게 또는 여리게 지휘할지 결정하는 것이고, 아티큘레이션은 연속되고 있는 선율을 보다 작은 단

위로 구분하여 각각의 단위에 어떤 형과 의미를 부여하는 연주기법(삼호뮤직 편집부, 『파퓰러음악용어사전 & 클래식음악용어사전』삼호뮤직, 2002년)이다.

같은 리듬도 다른 형태로 연주할 수 있다. 스타카토, 마르카토, 테누토, 레가토 등 어떤 부분에 어떤 표현방식을 적용할 것인지에 따라 음악의 느낌과 분위기는 완전히 달라진다. 지휘자는 이처럼 다양한 표현법을 염두에 두고 음악의 전반적인 분위기를 만들어가야 한다.

감정은 누를수록 튀어나온다

다양한 표현에 대한 고민은 지휘자만 갖는 것이 아니다. 성인이 되면 우리는 감정 표현을 두려워한다. 솔직히 감정을 표현하는 훈련이 되어 있지 않을뿐더러 내 감정을 솔직히 드러내는 것이 손해라는 인식 때문이다.

그뿐 아니라 우리나라와 같은 유교 문화권에서는 덕이 높은 양반들은 감정을 표현하지 않아야 한다는 인식이 강하다.

감정을 드러내지 않는 것이 옳고 바른 것이라는 사상이 기본적으로 깔려 있기 때문이다.

내 생각은 조금 다르다. 감정을 드러내는 것은 결코 손해 보는 일이 아니다. 또한 미성숙함이나 나약함의 표현도 아니다. 그것은 오히려 타인과, 더 나아가 세상과 소통하는 첫걸음이다. 그러므로 성인이 되어도 우리의 감정과 생각을 잘 표현하는 노력을 포기해서는 안 된다.

모차르트는 "다른 사람이 칭찬을 하든지 비난을 하든지 나는 개의치 않는다. 다만 내 감정에 충실히 따를 뿐이다"라고 말했다. 그의 말대로 내 감정에 충실하여 그것을 적절한 방법으로 표현할 수 있느냐 없느냐는 관계를 다지고 삶을 윤택하게 하는 중요한 요소다. 때문에 표현의 방법을 고민하는 것은 우리의 영원한 숙제일 수밖에 없다.

차라리 혼자 있고 싶을 정도로

말이 통하지 않는 그런 때가 있다.

그럼에도 불구하고 우리는

우리의 감정과 생각을 표현하는 일을 포기해서는 안 된다.

톤을 맞추고
마음을 조율하는 법

행복은 생각, 말, 행동이
조화를 이룰 때 찾아온다.
_마하트마 간디

국립합창단 준단원으로 활동했던 당시 일본 NHK심포니 오
케스트라와 함께 베토벤 9번 교향곡을 연주한 적이 있다. 당시
프랑스의 지휘자 샤를 뒤투아(Charles Dutoit)와 함께한 연주
였다.

한국보다 한 세기 앞서 있다는 일본의 오케스트라가 궁금
하기도 했고 기대도 되었다. 하지만 연습이 그리 쉽지만은 않
았다. 피아노 리허설은 오케스트라 부지휘자와 함께했는데 계
속 소리가 작다며 크게 해달라고 요구하는 상황이다.

베토벤 9번 교향곡은 유난히 고음 부분이 많아서 크게 소리를 내다보면 목이 많이 상하게 된다. 그렇게 연습을 하고 다음 날 오케스트라와의 리허설 시간이 되었다. 샤를 뒤투아와 함께 할 줄 알았는데, 오케스트라 앞에 선 사람은 바로 그 부지휘자였다.

목 상태가 좋지 않아서 이번 리허설만큼은 쉬엄쉬엄할 생각이었다. 그런데 오케스트라의 음악이 나오고 그 울림을 듣는 순간 내 목소리는 놀랍게도 최상의 컨디션으로 돌아오고 말았다. 대체 왜일까?

이유는 단순하다. 오케스트라 단원들 간의 조화로운 호흡 소리가 매우 깊었고 울림 또한 상상 이상이었기 때문이다. 자연스럽게 그 호흡을 따라서 노래를 부르니 내 목소리의 울림도 덩달아 좋아졌다. 객석에 앉아서 소리 밸런스를 조율하던 샤를 뒤투아는 오히려 합창 소리가 크다며 줄여달라는 요구를 할 정도였다.

그리고 연주 당일, 이미 한 달 전부터 표가 매진되었던 예술의 전당 콘서트 홀 연주회. 합창과 오케스트라의 호흡이 완벽하게 일치했고, 행복한 전율을 느끼며 노래했던 기억이 생생하다.

이탈한 음이
되지 않도록

음악적 조화는 한 가지 소리가 두드러지게 아름답다고 해서 완성되지 않는다. 성악가의 목소리와 악기가 함께 톤을 맞추어야 하모니가 완성된다.

솔리스트의 목소리가 아름답다고 해서 합창에서 솔리스트 목소리만 들리도록 하는 것은 좋은 방법이 아니다. 곡의 전체적인 흐름을 살피고 강조할 때는 부각시키고, 다른 파트를 부각시킬 때는 세기를 조정하는 것이 중요하다. 이러한 조화 속에서 솔리스트의 등장이 더욱 빛을 발하는 법이다.

인간관계도 마찬가지다. 나를 둘러싼 환경을 살피고 주변 사람들과 톤을 맞춰야 한다. 조직 내에서 타인의 의견을 묵살하고 자신의 의견과 개성만 고집하는 것은 고립을 자초하는 행위다.

물론 개성은 중요하다. 여기서 말하는 '톤을 조절하라'는 것은 나를 없애고 무조건 '다른 사람에게 톤을 맞추라'는 뜻이 아니다. 자신만의 개성을 잃지 않으면서도 공동체를 더 나은 방향으로 이끌어가기 위해 화합하라는 의미다. 항상 귀를 열고 다른 이의 목소리를 경청하고, 타인의 개성을 나의 개성만큼 존중하는 것을 말한다.

음악에서 '레'라는 음은 자신의 정체성을 잃어버리지 않고 고유의 소리를 간직한 채 다른 소리와 맞물렸을 때 비로소 아름다운 소리를 낸다. 이것이 화음이다. '레'가 그 음을 이탈하여 정체성을 잃으면 그것은 더 이상 '레'가 아니며 주변의 화음 또한 무너진다.

주위를 찬찬히 둘러보고, 일상을 함께하는 사람들과 톤을 맞춰가다 보면 그 전에는 보이지 않던 공동체의 삶이 보인다. 이는 지휘자와 연주자가 곡 전체의 흐름을 읽는 것과 같다. 악보의 한 마디 혹은 자신의 파트만을 본다면 절대 하모니를 이루어낼 수 없다. 전체 악보를 보고 나서 이 부분에서는 왜 이러한 톤의 흐름이 필요한지, 이 소리가 왜 필요한지 이해해야만 관객들에게 감동을 주는 연주를 할 수 있다.

인간관계에서 '톤을 맞춘다'는 것도 이와 마찬가지다. 자신의 입장과 주장을 내세우기 전에 공동체의 목표와 목적을 살피는 것이 우선이다. 그러고 나서 구성원의 개성을 파악하고 그들에게 필요한 것이 무엇인지 알아야 한다. 그 후 자신이 어떤 역할을 해야 하는지 파악하는 것이 순서다.

이때 자기 목소리를 내고 먼저 나서고 싶어 근질근질한 사람들이 있다. 그런 마음을 조금만 자제해보자. 모두가 어우러져 살아가는 공동체에서는 혼자 달려가기보다 다른 이들과 보폭을 맞춰서 걷는 게 중요하다.

음악이란
함께 호흡하는 자유

나는 합창 지휘자로 일하면서, 톤을 맞추지 못해서 관계의 균열을 내는 사람들을 자주 봐왔다. 그들 대부분이 가지고 있는 특징은 '자아'가 너무 강해서 다른 사람들이 비집고 들어올 틈을 주지 않는다는 점이다. 그래서 그가 가진 좋은 개성조차 비난받곤 한다. 이런 경우는 녹이 슨 톱니바퀴처럼 관계 속에서 삐걱대다가, 결국 적응하지 못하고 공동체를 떠나기도 한다. 솔로로 뽑혀서 자신만 돋보이고 싶은데 그렇지 못했을 경우 초심을 잃는다든가, 설사 솔로로 주목받게 됐다 해도 곡의 특성을 파악하지 못한 채 자신만 드러내는 데 급급해 단원들의 원성을 사는 일은 비일비재하다.

합창이나 협연에서는 톤을 맞추는 일이 무엇보다 중요하다. 합창에서 톤을 맞추는 것은 나의 소리와 다른 소리가 서로 어우러져서 또 다른 소리를 만들어내는 것이다.

물론 내가 낼 수 있는 최대의 소리를 내는 것이 아니라, 나의 소리를 줄여서 어울리는 소리를 낸다는 것은 어려운 일이다. 그래서 많은 연습과 훈련을 통해서 톤을 맞추려고 노력하는 것이다. 각기 개성을 가진 목소리가 서로 호흡을 맞추어 조화로운 톤을 만드는 것, 그것이 바로 음악의 아름다움이다.

노래는 잘하지만 다른 단원들과 톤을 맞추지 못하는 단원 한 명으로 인해 합창의 아름다운 하모니가 깨진다. 이처럼 인간관계에서도 그가 속한 단체 또는 조직 사회의 톤을 맞추지 못하는 한 사람으로 인해 화합은 깨지고 만다.

원만한 사회생활을 위해서는 사람들 안에서 톤을 맞추는 것이 아주 중요하다. 그것이 곧 함께 호흡하는 것이다. 그리고 이는 함께 어우러져 살아가는 우리네 삶에서도 마찬가지다.

"크리스티안 그루베가 만들어준 변화"

국립합창단마저 떨어지면 무얼 해야 하나 싶어 절벽 끝에 매달린 듯 절박했던 마음, 가뭄의 단비가 내리듯 기쁘고 감사하기만 했던 합격 통보. 그러나 그 즐거움이 오래 지속되지는 않았다. 시간이 흐르며 신입생 시절 처음 합창을 배웠을 때 느꼈던 부담감이 하나둘씩 되살아나기 시작했다. 음 하나, 호흡 하나 잘못 뱉어내면 지적을 받고 미안해지던 힘겨운 나날이 다시 시작된 것이다.

그렇게 매일 압박을 느끼며 합창을 해오던 어느 날, 자그마한 몸집에 인자한 인상의 크리스티안 그루베(Christian Grube)라는 독일인이 객원 지휘자로 왔다. 그와의 합창 연습은 늘 짓눌린 압박감을 받던 그간의 연습 시간과는 사뭇 다르게 다가왔다.

그는 연습을 시작하기 전 단원들에게 10분가량 웃으라고 했다. 웃으면 기분이 좋아지면서 음정과 소리의 질도 좋아진다는 것이다. 10분이라는 시간이 짧다고 생각할지 모르겠으나, 실제로 10분 동안 계속해서 웃는 것은 온몸에 땀이 날 만큼 엄청난 에너지가 소모되는 일이었다.

10분간 웃는 건 괜한 일이 아니었다. 놀랍게도 입 꼬리를 올리는 웃음 발성만으로도 음정의 높이와 소리의 질감이 좋아짐을 느꼈다. 그리고 짧은 기간이었지만 그와의 연습은 합창 음악을 즐길 수 있게 만들어줬다. 음악을 돈벌이나 학점을 위한 수단으로만 여겼던 나였는데, 그동안 까맣게 잊고 있던 감정이 되살아났다.

물론 항상 미소를 띠며 연습을 한 것만은 아니었다. 늘 좋고 행복하기만 한 시간이 어디 있으랴. 시간은 짧고 곡은 어려워 단원들이 잘 따라오지 못할 때는 난감한 표정을 짓기도 했고, 어려운 곡을 연습하며 지휘자가 예민해지면 난 또다시 긴장하고 위축되어갔다. 그러나 음악에 대한 순수한 열정, 잊고 있던 설렘을 일깨워준 것만으로도 그와의 시간은 값졌다.

몇 주 동안 계속된 그와의 연습을 마치고 드디어 예술의 전당에서 연주회가 진행되는 날, 첫 곡은 토머스 몰리의 〈Fyer, Fyer!〉라는 곡이었다. 그런데 한 가지 당황스러운 일이 벌어졌다. 연습한 템포와 연주 시작 후 템포가 완전히 달라진 것이다. 연습할 때의 템포보다 두 배 가까이 되는 빠르기였다.

나만 당황한 것이 아니라 단원 모두가 똑같이 긴장 가득한 얼굴이었다. 당황한 단원들을 진정시켜준 건 다름 아닌 지휘자의 손끝, 그리고 미소였다. 한 손은 가슴에 대고 미소를 보이며 음악에 맞춰 여유

있게 움직이는 손끝. 분명 자신을 믿고 따라 오라는 일종의 신호였다. 단원들은 그 손끝에서 눈을 뗄 수 없었고, 연주를 마칠 때까지 지휘자와 함께 호흡과 템포를 맞추고 함께 표현했다.

음악의 긴장감은 관객들에게도 그대로 전달되었고, 연주가 끝나자 객석에서 우레와 같은 환호가 쏟아졌다. 두 눈과 귀를 의심하기에 충분했다. 합창이란 단원들끼리의 조화뿐만 아니라 단원과 지휘자와의 교감 그리고 충분한 믿음이 필요하다는 것을 깨닫는 시간이었다. 나아가 무대 밖의 관객까지도 무대 위의 연주자와 교감하며 그 시간을 함께한다.

마지막 앵콜 후 퇴장하던 단원들은 모두 하나같이 뜨거운 눈물을 쏟았다. 지휘자와 작별의 시간이 얼마 남지 않았다는 걸 알고 있기 때문이었다. 나 역시 그와의 작별에 눈물을 흘리며 다시금 깨달았다. 다른 사람과 호흡을 맞추고, 서로의 소리에 귀를 기울이고, 지휘자 손길에 맞춰가며 합창하는 것의 감동이 어떤 것인지를. 그리고 우리가 합일의 기쁨을 느끼면 관객들에도 그 감정이 고스란히 전달된다는 것을.

처음으로 합창의 매력을 온 가슴으로 느낄 수 있었다. 그와의 만남은 합창에 대한 나의 시선을 완전히 바꿔주었다. 시선이 바뀌니 풍경이 달리 보였다.

나와 너가 아닌
우리를 위한 심포니

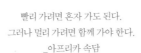

빨리 가려면 혼자 가도 된다.
그러나 멀리 가려면 함께 가야 한다.
_아프리카 속담

심포니(성악 또는 기악곡 연주회를 이르는 쉼포니아(συμφωνία)와 '조화로운'을 의미하는 쉼포노스(σύμφωνος)에서 유래한 말)는 흔히 '교향곡'이라고도 부른다. 독주곡(하나의 악기가 독주하는 곡)과 협주곡(독주하는 악기와 다른 관현악이 연주하는 곡)과는 달리 교향곡은 관현악기 모두가 함께 조화를 이뤄 연주하는 그야말로 '단체 연주곡'이다. 그러다 보니 등장하는 악기가 매우 다양하고 많다. 많이 들어본 베토벤의 〈운명〉, 차이코프스키 〈비창〉과 같은 것이 바로 교향곡이다.

이런 심포니 한 곡을 연주하기 위해서는 대단위의 오케스트라가 필요하다. 심포니 연주 오케스트라라고 하면 100명이 넘어가는 경우도 있으니 얼마나 대규모인지 상상이 갈 것이다.

멀리 가려면
함께 가라

나는 이런 차원에서 팀, 조직, 회사가 심포니와 다를 바 없다고 생각한다. 심포니가 성공적인 연주를 하려면 조화롭게 운영되어야 하는데, 사회나 팀, 조직, 회사의 운영 방식도 크게 다르지 않다. 서로 다른 사람들이 모여서 각기 다른 음색을 내지만 하나의 아름다운 음악으로 만들어내는 것은 얼마나 멋진 일인가.

심포니에 대해 한자를 붙여 나만의 정의를 내려보았다.

심(心, 마음 심)은 진심에서 우러나오는 공감 능력.
포(抱, 안을 포)는 상대를 포용하고 배려하는 자세.
니(爾, 너 이)는 나와 당신을 이르는 말.

내가 만든 '심포니' 강의는 나와 상대의 간격을 좁혀 가는 과정을 다루는 소통 교육 프로그램이다. 앞서 나는 호흡, 템포, 표현을 통해 인간관계에서 갈등을 해결하는 방법을 설명했다.

사람들과 톤, 박자를 맞추고, 자신의 감정을 정확하게 표현하며, 밝은 표정을 준비할 것을 당부했다. 이 모든 것은 조화로운 삶을 위해 필요한 것들이다. 세상 속에 파편화된 개인으로 존재하는 것이 아닌 구성원으로 당당하게 자리하기 위함이다.

이것은 자기 혼자만 치유하는 힐링과는 다르다. 내 안의 모난 구석을 다스리고, 궁극적으로는 사회 구성원으로서 함께 살아가기 위해 필요한 개념들이다. 즉 혼자 잘사는 게 아니라 함께 잘살기 위해 필요한 요소들, 사회 구성원으로서 공동체 안에 들어가 타인과 행복하게 살기 위한 심포니다. 진심으로 공감하고 남을 배려하는 것, 그것은 나뿐만 아니라 나와 당신을 위한 일이라는 것을 이야기하고 싶다.

독일 총리 앙겔라 메르켈이 언급해 유명해진 아프리카 속담 중 이런 말이 있다.

"빨리 가려면 혼자 가도 된다. 그러나 멀리 가려면 함께 가야 한다."

우리 모두는 잊혀지지 않는 음악이다.

리듬이고, 화음이다.

3장

속도와 쉼표

–

삶을 대하는 나만의 템포

관계를 대하는
세 가지 착각

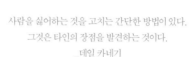

사람을 싫어하는 것을 고치는 간단한 방법이 있다.
그것은 타인의 장점을 발견하는 것이다.
_데일 카네기

"나는 신과 평화롭게 지낸다. 다만 인간과 갈등이 있을 뿐
이다."

찰리 채플린의 이 말처럼 인간은 누구나 관계 속에서 갈등
한다. 우리 모두 공동체 속에서 살아가고 있기 때문이다. 부모
님이나 자녀들과 함께 사는 가정은 물론 학교, 회사, 취미 모임,
종교 단체 등 다양한 공동체 생활을 하고 있다. 이처럼 내가 속
해 있는 공동체가 적게는 두세 개부터 많게는 수십 개에 이르
는 사람도 있다.

완벽한 인간관계란
없다

문제는 여기서부터 시작된다. 앞서 말했듯이 모든 사람은 '모난 구석'을 갖고 있다. 그래서 모난 우리들의 공동체 생활은 늘 상처투성이다. 나 역시 자주 상처받고 또 남에게 상처를 주면서 살아왔으며 그 때문에 수많은 밤을 괴로워했다.

그때마다 내 성격에 문제가 있는 건 아닌지 걱정스러웠다. 남들은 잘 지내는 것 같은데 유독 나만 괴로워하는 것 같아 공동체 생활로부터 도망치고 싶고 싶을 때도 있었다. 아무도 만나지 않으면 적어도 관계에 대한 스트레스는 없어지지 않을까 하는 기대에서였다.

그러던 어느 날, 우연히 '대인 관계 심리학'이라는 강연을 접했다.[*] 그중에서도 '대인관계에 대한 오해'를 설명한 부분은 깜짝 놀랄 만한 내용을 담고 있었다.

그 강의에 따르면 사람들은 관계에 있어서 흔히 세 가지 착

---

[*] 정태연, 중앙대학교 KOCW 〈고등교육 교수학습자료 공동 활용 체제〉 강좌

각에 빠진다고 한다. 첫째, 자기만 잘하면 모든 관계가 잘 될 것이라는 믿음이다. 둘째, 내게 맞는 상대를 만나면 된다는 믿음이다. 셋째, 자신의 진실한 마음을 상대가 알 것이라는 믿음이다.

이 대목에서 고개가 절로 끄덕여졌다. 그리고 스스로에게 이런 질문을 해봤다. '내가 아무리 잘하려고 한들, 인간관계에서 문제가 생기지 않은 적이 있던가?' 그렇다. 돌이켜보면 인간관계는 늘 문제투성이고 상처의 온상이었다. 그것은 오로지 내가 이상해서 문제된 것만은 아니었다. '나만 잘하면', '나한테 잘 맞는 사람만 만나면', 혹은 '에이, 그래도 내 진심은 알아줄 거다'와 같은 기대가 애초에 오해였던 것이다. 이를 깨닫고 인정하고 나니 한결 마음이 편안해졌다.

그렇다고 해서 관계 개선을 위한 노력을 멈추어서는 안 된다. 인간관계를 원만하게 유지하려면 어떤 노력을 해야 할까? 우선 잘못된 목표부터 바로잡아야 한다. 처음부터 완벽한 인간관계를 설정하고 그것을 이상으로 두지 말자는 것이다. 그보다는 언제든 발생할 수 있는 문제에 대해 '어떻게' 잘 해결해나갈 것인가를 고민하고 찾아가는 것이 더 합리적이다.

나는 이 문제에 대한 정답을 음악의 세 가지 개념 '호흡, 템포, 음악적 표현'에서 찾았고, 이를 통해 관계 개선 방안에 대해 고민하고 깨달아갔다.

호흡은 들이쉬기와 내쉬기를 통해 좋은 울림을 만들어내기 위한 발성의 에너지원이다. 템포는 곡의 빠르기인데, 가사의 느낌에 따라 어떤 감정을 잡고 갈 것이냐에 따라 결정된다. 음악적 표현은 크게 악상기호와 끊고 맺음을 가지고 표현하지만, 여기에는 곡에 대한 자신의 해석이 들어간다.

먼저 호흡을 통해 나를 다스린 후 타인과 호흡을 맞추어야 한다. 그러고 나서 템포를 통해 나와 다른 속도를 가진 사람들을 이해하고, 적절한 표현을 통해 나의 진심을 상대방에게 잘 알려주어 관계 회복하기를 시도해보자. 이것은 마음 깊숙이 모가 난 우리들이 함께 살아가며 상처를 잘 치유하고 또 타인에게 상처를 덜 주기 위해 필요한 것들이다.

"예비박이 틀리면 전체 흐름이 무너진다"

나는 직업의 특성상 연주회를 자주 다닌다. 표가 비싼 연주회부터 공짜 연주회까지 다양한 연주회를 가는데, 티켓 값을 떠나 좋은 연주를 듣고 온다는 것은 너무나 행복한 일이다. 좋은 연주라는 것은 프로, 아마추어를 떠나 무대 위에서 장악력을 갖는 연주회다. 한 사람이 연주하더라도 무대를 꽉 채울 수 있는 능력, 그리고 그 음악이 관객들로 하여금 긴장되게 만들어주는 음악회야말로 가장 좋은 음악회다.

그런데 합창이나 오케스트라의 경우, 지휘자의 예비박이 좋아야 연주가나 합창이 좋아진다. 예비박이란 말 그대로 박자를 예비해주는 것이다. 예비박을 두기 위해선 그 짧은 시간에 호흡을 같이 하고 템포(빠르기)를 맞추며 음악적 표현을 함께해야 한다.

다시 말해 미리 호흡을 할 수 있게 알려줘야 하고 미리 템포를 알수 있게 해야 하며, 마지막으로 음악적 표현이 그 짧은 순간 안에 모두 나타나야 한다. 예비박이 좋지 않은 지휘자는 전체 음악의 흐름뿐아니라 지휘자로서의 자질이 부족한 사람이다.

처음 피아노(P, 여리게)로 시작되는 음악은 호흡도 여려야 한다. 음정 하나하나를 힘을 주어 끊듯이(marcato) 들어가는 음악은 당연히 예비박의 호흡도 힘을 주어 짧게 만들어줘야 하며 음정 하나하나를 부드럽게 연결하듯이(legato) 들어가는 음악은 당연히 예비박의 호흡도 부드럽게 해줘야 한다. 이런 것들이 정확하지 않으면 단원들이 실력을 의심하고, 지휘자를 신뢰하지 않는다.

물론 악보와 똑같이 한다는 것은 기계가 아닌 이상 불가능하다. 지휘자마다 음악 스타일이 조금씩 다른 이유는 지휘자가 제2의 창조자이기 때문이다. 그래서 본인 의도에 따라 더 좋은 음악이 될 수 있다면 조금씩 수정하는 것도 가능하다. 하지만 그것이 너무 과해서도, 너무 덜 해서도 안 된다. 무엇보다 단원들과 교감하지 못한 상태에서 자기 혼자 전혀 다른 해석과 느낌으로 지휘를 해버리면 절대 좋은 합창이 될 수 없다.

지휘자의 손 움직임 하나에, 그가 공간을 활용하는 방식에 의해 단원들은 곡의 모든 흐름을 이해하기 때문이다. 정확한 질서와 체제 안에서 앙상블을 이루고, 그에 따라 연주자나 단원들이 정확하게 연주하고 노래하게 할 수 있어야 한다.

이는 팀의 리더, 조직의 관리자들이 하는 역할과 닮아 있다. 리더는 구성원들과 조직이 어떤 비전과 미션을 지향하는지를 공유해야 한다. 그것을 달성하기 위해 조직의 기본적인 시스템과 룰을 마련했다면,

리더와 구성원 각자가 해야 할 역할이 있을 것이다. 예비박이 좋지 않은 지휘자가 단원들에게 혼란을 주듯이 조직을 지휘하는 리더가 잘못된 지침을 내리거나, 업무 프로세스를 뒤섞거나, 의사결정을 명확히 하지 않으면 그 조직은 혼란에 빠질 수밖에 없다.

나만의 템포를
찾는다는 것

만일 내게 나무를 베기 위해 한 시간만 주어진다면,
우선 나는 도끼를 가는 데 45분을 쓸 것이다
_에이브러햄 링컨

이제 막 사귀기 시작한 커플이 있다. 여자는 남자의 끈질긴 구애에 결국 교제하기로 결심했다. 하지만 활활 타오르는 남자의 사랑과는 달리, 여자는 미처 마음의 문을 다 열지 않았다. 이럴 때 남자가 결혼하자고 프로포즈를 한다면 어떻게 될까? 여자는 남자의 사랑에 확신을 갖게 될까?

오히려 남자의 거침없고 배려 없는 표현 방식 때문에 헤어질 생각을 할 수도 있다. 서로를 더 잘 알아가는 과정이 생략된, 즉 상대의 템포를 이해하지 못한 일방적인 서두름은 관계를 망칠 수 있다.

템포와 박자의
차이점

　　　　　　인간관계의 갈등을 줄이기 위해서는 '템포'
의 개념을 잘 이해해야 한다. 템포는 이탈리아어로는 '시간
(time)'이라는 뜻을 지니는데 음악에서는 연주 속도를 가리키
는 말이다. 단순히 물리적 속도에만 국한되지 않고 연주자의
특성, 양식, 음향성 등과 관계가 있다. 작곡자는 악보에 표준 템
포를 지시하기는 하지만, 연주 시간만을 제한하여 그 안에서
자유롭게 연주할 수 있도록 한다. 그래서 혹자는 템포를 '음악
적 시간'이라고도 하고, 음악을 시간예술이라고도 한다.

　곡을 해석하거나 연주하는 방법은 지휘자와 연주자마다 다
르다. 같은 음악을 정박대로 연주하는 사람이 있고, 그때그때
의 감성에 맞춰 좀 더 자유롭게 연주하는 사람도 있다. 오히려
그렇기 때문에 같은 곡을 가지고도 서로 조금씩 다른 음악을
만들어낼 수 있다. 그래서 템포가 조금 빠르거나 혹은 늦다고
해서 틀렸다고 하지는 않는다.

　다만 오케스트라와 같이 대규모 인원이 하나의 곡을 연주
하려면 서로 간의 템포를 맞추는 것이 중요하다. 모두가 정박

대로 연주하는데 나 혼자만 엇박을 내거나, 혹은 모두가 지휘에 맞추어 조금 여유롭게 쉬었다 들어가는데 나 혼자만 제 박자에 들어가면 조화로운 연주가 될 수 없으니 말이다. 자유롭게 한다는 명목으로 다른 이들에게 피해를 주지 않아야 한다.

템포 루바토(Tempo Rubato, '시간을 잃어버리다, 도둑맞다'는 뜻으로 연주자가 자기 나름대로 해석하여 템포를 바꾸어도 된다는 의미)를 어떤 템포로 어떻게 당겨서 연주할지는 나와 함께 연주하는 사람들의 손짓과 행동, 눈빛을 보고 서로 맞추어야 한다. 그래야 같은 타이밍에 시작하고 끝나는 조화로운 연주가 될 수 있다.

간혹 템포와 박자의 차이를 헷갈려 하는 이들이 있는데 템포는 말 그대로 빠르기다. 달리 말해 페이스 조절이라고 할 수 있으며 유동성을 지닌다. 반면 박자는 틀이다. 예를 들어 '애국가'는 4분의 4박자인데, 4분의 4박자라는 틀은 정해져 있지만 거기에 템포는 자신이 정할 수 있다. 박자를 빠르게도 할 수 있고 느리게도 할 수 있다.

사람마다 호흡하는
속도가 다르다

연습 때는 잘하고도 막상 연주회 때 엉망이 되어버리는 연주를 보곤 한다. 이는 지휘자가 긴장했기 때문이다. 사람은 긴장할수록 심장 박동수가 빨라지고 조급함을 느끼게 될수록 자신도 모르게 속도가 빨라지게 된다. 이렇게 템포가 정립되지 않으면 연주회는 엉망이 되고 만다.

나도 이런 템포를 익히기 위해 다양한 노력을 해왔다. 가장 기억에 남는 일은 긴 막대가 오른쪽과 왼쪽을 똑-딱-똑-딱 오가면서 속도를 알려주는 아날로그 메트로놈을 매일 밤마다 틀어놓고 잔 것이다.

'박자계'라고도 부르는 메트로놈은 1812년 한 네덜란드인이 발명했고, 독일에서 개량하여 1816년에 특허를 얻어 탄생했다. 최근에는 전자메트로놈이나 휴대전화 메트로놈 어플이 나와 더욱 편리하게 이용할 수 있다.

메트로놈이 발명되기 이전에 템포의 측정 기준은 심장 맥박, 호흡, 걸음 등 일정한 비율을 지니는 객관적인 템포를 기준으로 삼은 전례가 있다고 한다.[*] 이처럼 템포는 심장 그리고 호흡과 밀접한 연관이 있다.

무대에서 지휘하다 보면 긴장하고 흥분해서 속도가 빨라지는 경우가 많다. 그래서 느린 속도를 완벽하게 익히는 훈련을 하고 싶어 메트로놈을 활용하기 시작했다. 맨 처음에는 메트로놈을 '♩=60'에 맞춰놓고 작동시킨 후 잠이 들었다. 그러면 한밤중에 잠깐씩 깨어 박자를 계속 들을 수 있었고, 수면상태에서 무의식중에도 박자 감각을 익히지 않을까 하는 기대도 했었다.

또 아침에 눈 뜨자마자 어제 밤에 들었던 박자를 이어서 듣다보면 완벽하게 숙지하는 느낌이 들었다. 하나의 박자가 익숙해지면 박자 속도를 10씩 올려보기도 했다. 이렇게 1년간 연습하다보니 박자 감각을 몸에 확실히 익힐 수 있었다.

그렇게 한동안 템포 연습에 매진하고 있을 때의 일이다. 어느 카페에 앉아 창밖을 내다보는데 멀리서 걸어오는 사람들마다 그 속도가 매우 다르다는 것이 느껴졌다.

어떤 할아버지는 '♩=ca. 60'에 맞는 걸음으로 걷고 있었고, 가방을 둘러멘 남학생은 '♩=ca. 160'에 맞춰두고 빠른 걸

* 임지연, 「템포 기보의 변천사와 바흐의 템포 기보」, 피아노음악연구 1권, 2007년, 125쪽

음을 걷고 있었다. 아이 손을 잡은 한 엄마는 아이와 함께 '♩=ca. 75'쯤 되는 속도로 걷고 있었고, 한 아주머니는 '♩=ca. 100'쯤 되는 속도로 장바구니를 들고 지나갔다.

그들은 걸음걸이의 속도만큼이나 제각기 사정도 다르고 상황도 달랐을 것이다. 그것은 타고난 성격 탓도 있지만 상황이나 환경적 요인에 의해 만들어진 것이기도 할 터였다.

급한 일이 생겼거나 바쁜 상황이라면 그 속도가 빨라지고, 아이와 함께 걸어야 한다면 속도가 늦어지게 마련이다. 나이가 들어 몸이 쇠해지면 느린 걸음으로 걸을 수밖에 없다. 이처럼 템포는 자연스럽게 변한다. 이런 일상의 다양한 템포를 바라보는 것은 참으로 경이롭다.

모든 사람의 목소리가 악기이듯, 모든 삶은 각각의 템포대로 움직인다. 만약 저 하늘에서 이 세상을 내려다본다면 사람들의 걸음은 템포를 시각적으로 형상화한 공연 같지 않을까. 서로 다른 템포, 거기엔 정답도 맞고 틀리고도 없다. 서로 다름 그 자체일 뿐이다. 그러니 좀 더 너그러운 마음으로 다른 이의 템포를 이해하고 때로는 나의 템포를 그들과 맞추는 노력을 기울여보자. 일상이 한층 더 조화롭고 평안해질 테니 말이다.

속도에는 정답이 없다.

일상의 다양한 템포를 바라보는 일은

참으로 경이롭다.

당신은 알레그로,
나는 안단테

당신이 가지고 있는 재능들을 뭐든지 사용하라
숲에서도 노래를 가장 잘 하는 새들만 지저귀면
적막만이 흐를 것이다.
_헨리 반 다이크

우리는 저마다 다른 템포를 가지고 살아간다. 매사 빠른 템포로 돌진하는 사람도 있고, 다소 느긋한 템포로 여유롭게 사는 사람도 있다.

템포가 어긋나면
관계가 삐걱댄다

어떤 사람은 화가 나면 마구 쏘아붙이며 자신의 할 말을 다 해야 직성이 풀린다. 반면 어떤 사람은 화가 나면 우선 감정을 차분히 정리하고 혼자만의 시간을 가진 뒤 타인과 대화를 시작한다. 음악으로 따지자면 전자는 '알레그로(빠르게)나 비바체(빠르고 생기 있게)', 후자는 '아다지오(천천히)나 안단테(조금 느리게)'에 속하는 사람이다. 두 박자가 함께 연주되면 불협화음이 되듯 이 두 사람이 각자 자신만의 방식을 고집한다면 불협화음이 생길 수밖에 없다.

성격이 급한 사람은 문제를 천천히 풀어나가려는 사람이 마냥 답답할 것이고, 혼자만의 시간을 갖고 싶은 사람은 쉴 틈 없이 몰아치는 상대가 부담스러울 수 있다. 그러므로 한 명은 템포를 조금 빠르게 하고, 또 한 명은 템포를 조금 느리게 해서 서로 '모데라토(보통 빠르기)' 정도로 맞추어가지 않는다면 그 관계는 제대로 유지될 수 없다.

연인, 혹은 친구 관계에서 성격 차이로 크게 싸우고 파국을 맞는 경우를 종종 볼 수 있다. 일대일의 관계에서뿐 아니라 일대 다수의 경우도 마찬가지다. 직장 생활에 적응하기 힘들어하는 사람들 중에는 템포가 맞지 않아 고생하는 경우가 많다.

예를 들어 긴박한 프로젝트를 진행하거나, 긴급한 수술 상황에서 '프레스티시모(가능한 한 빠르게)'의 박자로 모두가 헐레

벌떡 일을 몰아치는데 나 혼자서만 완성도를 높이겠다고 '아다지오'로 일을 처리하면 어떻게 되겠는가. 모두의 답답함을 살뿐 아니라 다른 이들의 업무에 피해를 주게 된다. 그래서 상황에 맞게 다른 사람과의 템포를 조율해야 한다.

일의 방향성 또한 마찬가지다. 모두가 서서히 손을 떼는 일을 혼자 뒤늦게 열심히 해봤자 별다른 소득을 얻기 힘들다. 오히려 눈치 없는 사람이라는 눈총을 받지 않으면 다행이다. 이는 연주할 때 다들 '리타르단도(점점 느리게)'나 '디크레셴도(점점 여리게)'로 연주하며 마무리를 향해 다가가는데, 혼자 지휘자를 보지 않고 '아첼레란도(점점 빠르게)'나 '크레셴도(점점 세게)'로 연주하는 것과도 같다. 처음에는 별로 튀지 않더라도 시간이 지날수록 불협화음은 점점 두드러지게 된다.

잠시 멈춰서
템포를 점검할 때

오케스트라나 합창에서 템포를 맞추는 것은 정확한 음을 연주하는 것만큼 중요하다. 템포가 엇갈리기 시작하면 질서가 무너지고, 곡이 무너진다.

이와 마찬가지로 공동체 안에서도 관계의 템포를 맞추는 것이 중요하다. 조직 내에서 어떤 사람은 빨리 가고 어떤 사람은 느리게 가면 절대 '원 팀'이 될 수 없다. 템포는 때와 상황에 따라 개인적 혹은 집단적으로 모두 다르게 작용한다. 어느 타이밍에 어떤 말을 해야 하는지는 관계 속의 템포를 이해해야 알 수 있다. 공동체는 사람과 사람이 만나는 곳이기에 언제나 좋을 수만은 없다. 이 세상에 갈등이 없는 관계란 있을 수 없으니 말이다. 앞서 말했듯이 갈등이 나쁜 것만은 아니다. 갈등을 해소하는 과정에서 관계에 대한 이해가 깊어지고, 돈독한 유대 관계를 형성할 수 있기 때문이다.

문제는 갈등 그 자체가 아니라, 그것을 대하는 우리의 태도에 있다. 갈등이 생겼을 때, 구성원 각자가 지니고 있는 관계 속의 박자를 살펴보길 바란다. 왜 이러한 갈등이 생겼는지 원인을 파악하면 어떻게 풀어야 할지 실마리가 보인다. 잠시 쉬어가야 할 시기도 있고, 함께 뭉쳐서 가열하게 달려가야 하는 시기도 있다. 멈췄던 것을 다시 움직일 때가 있고, 가속도가 붙어 잠시 속도를 줄여야 할 때도 있다.

우리의 템포에
몸을 맡기다

　　내가 지휘를 맡았던 어린이합창단에서 있었
던 일이 생각난다. 한 단원이 합창단을 그만두고 싶다고 말했
다. 항상 열심히 연습하고, 노래를 꽤 잘하던 고학년 단원이었
다. 갑작스럽게 탈퇴하겠다는 말에 나는 적잖이 놀랐다. 대체
왜 그만두려 하는지 이유가 궁금했다.

　"왜 그만두려고 하는지 물어봐도 될까?"

　"저는 정말 합창을 잘하고 싶어요. 지금보다 연습도 더 많
이 하고 실력도 더 키우고 싶은데, 다른 애들은 그런 모습이 전
혀 없어 보여요. 장난만 치고, 연습도 자주 빠지고요. 특히 저학
년 친구들은 잘 따라오지도 못 하는 거 같고요."

　그만두려는 이유를 들었을 때는 기특하다고 생각했다. 그
열정과 노력에 박수를 쳐주고 싶었다. 그러나 합창단원으로서
다른 단원들을 평가하는 이 친구의 말은 걱정스러웠다. 특히
합창을 하는 이유를 '사람들 앞에서 완벽하게 공연하기 위함'
이라고 답할 때 깜짝 놀랐다.

　합창은 단순히 공연이나 발표하기 위해서 하는 것이 아니

다. 독창대회 준비생도 아니고 합창단에서 가장 열심히 하는 친구의 말을 듣자니 지휘자로서 나 자신을 돌아보게 되었다.

그 아이와 이야기를 나누면서 내 모습을 생각해보았다. 그동안 나는 멋진 합창을 만들어내기 위해 곡을 정하고, 반주자와 호흡을 맞추고, 지휘 연습을 하는 데에만 너무 신경을 썼던 것은 아닐까. 그것이 지휘자로서 아이들에게 보여준 나의 모습은 아니었을까. 순간 큰 책임감을 느꼈다.

"나는 너의 마음을 잘 알 것 같아. 그런데 우리는 여러 사람이 모여서 하나의 목소리를 내야 하는 합창단이잖아. 합창은 혼자만 노래를 잘한다고 되는 게 아니라는 걸 배우는 것도 아주 중요하단다. 그건 설령 세계적인 합창단에서 활동하더라도 꼭 알아야 하는 거야. 그게 바로 팀워크야. 템포가 조금 느린 친구들을 잘 다독여서 함께 성장해가는 걸 네가 도와준다면 어떨까? 노래만 잘하는 게 아니라 리더십까지 발휘한다면, 좋은 합창 공연을 만들어가는 데 아주 중요한 역할을 할 수 있을 거야."

그날 이후 나는 이 단원을 소프라노 팀의 팀장으로 임명했다. 그 정도의 열정과 실력이 있다면 팀장으로서 팀원을 돌보는 일도 열심히 해내리라고 믿었다. 역시 내 예상이 맞았다. 이 친구는 그날부터 저학년 친구들을 챙기기 시작했다. 악보를 잘 보지 못하는 저학년 아이들에게 원리를 설명해주었다. 원리를 이해 못하는 단원에게는 악보에 색연필로 숫자를 크게 적어가며 이대로 따라오기만 하라고 설명해주기도 했다.

이 열정적인 친구가 하나둘씩 팀원을 챙기자 소프라노 팀 분위기도 금세 바뀌었다. 다른 고학년들도 후배들을 챙기고 서로 모르는 것을 알려주는 팀워크가 형성된 것이다. 재미가 생기니 저학년들도 떠들거나 장난치지 않았다. 서로 템포를 맞춰가는 재미를 느끼게 된 것이다. 무엇보다 다른 아이들이 열심히 하지 않는다고 불만을 토로한 그 아이가 더 열심히 즐겁게 하는 게 눈에 보였다.

"지휘자님, 재미있어요."

"재미? 어떤 재미가 있니?"

"예전에는 '왜 다른 아이들은 열심히 안 하지?' 하면서 불만이 많았는데 요즘엔 저학년 친구들이 잘 따라와요! 혼자가 아니라 여럿이 같이 하니까 더 재밌어요!"

그날 나는 하루 종일 싱글벙글 웃음이 났다. 이런 합창단의 지휘자라는 사실이 뿌듯했다. 서로가 서로를 챙기는 모습을 보는 것 자체만으로도 행복했다. 사람들 사이의 관계도 그럴 것이다. 자신의 템포를 기준으로 다른 사람을 평가하면 불만만 쌓일 뿐이다. 저 사람은 너무 빨라서 불편하고 이 사람은 너무 느려서 답답하다.

하지만 내가 누군가와 템포를 맞추겠다고 마음먹는 순간 모든 것은 새롭고 재미있게 다가온다. 빠른 템포의 사람을 만나 같이 뛰어보기도 하고, 느린 사람과 함께 여유를 느껴볼 수 있을 테니까 말이다. 템포를 조절해가는 과정 속에서 좋은 인연, 귀한 사람, 행복한 관계를 확장해나갈 수 있음을 기억하자.

"다짜고짜 '다시'를 외치는 지휘자"

지휘를 하다 보면 많은 사람들이 내 손끝과 시선에 집중하고, 내가 이끄는 박자에 맞춰 목소리를 낸다. 그 아름다운 목소리가 하나가 되는 일은 내가 지휘봉을 어떻게 컨트롤하느냐에 따라 달라진다. 그 사실에 매 순간 심장이 뛰고 내가 살아 있음을 느낀다.

특히 합창 지휘는 소리를 만지는 일이기 때문에 성악을 전공한 사람이라면 그 이해도가 높다. 윤학원 교수님은 "저는 지휘자이기 전에 소리를 만지는 사람입니다. 내 소리를 내는 것보다 소리를 들어서 내가 원하는 가장 좋은 소리, 공명 있는 소리를 내도록 하는 것이죠. 그럴 때 가장 좋은 합창이 될 것입니다"라는 말씀을 하신다.

지휘자가 소리를 잘 만지기 위해서는 공간을 잘 써야 한다. 공간을 작게 쓰면 소극적인 소리가 난다. 공간을 넓게 쓰면서 유영하면 소리도 더 폭넓고 풍부하게 나온다. 지휘자가 어떻게 지휘하느냐에 따라 단원들의 역량도 다르게 발휘된다.

이 또한 조직과 닮아 있다. 리더가 어떤 리더십을 발휘하느냐에 따라 구성원의 역량을 최대치로 이끌 수도 있고, 퇴보시킬 수도 있다. 지휘자가 소리를 만지는 역량에 따라 공명 있는 합창과 연주가 나오듯,

리더가 어떻게 리딩하느냐에 따라 화합하는 문화 속에서 성과를 내는 조직이 된다.

간혹 "어떤 사람이 합창 단원으로서 좋은 사람인가"라는 질문을 받는다. 이보다 먼저 선행되어야 할 것이 있다. 좋은 합창단이 있기 전에 좋은 지휘자가 먼저라는 것이다. 아무리 구성원이 좋아도 리딩하는 사람에게 문제가 있다면 그 조직은 절대 잘될 수가 없다.

리허설을 할 때만 해도 그렇다. 지휘자가 정확한 방법을 알고 전달해주면 단원들의 실력은 당연히 좋아진다. 하지만 정확한 방법을 모른 채 열심히 무한 반복만 한다면 발전이 없을 것이다. 특히 오케스트라 단원들이 제일 싫어하는 게 이유 없이 반복하는 것이다. 이유를 알려주지 않고 "다시, 다시"를 외치는 지휘자가 있다. 좋은 지휘자라면 무엇이 잘못된 것인지 명확히 알려주고 고쳐주어야 한다.

어떤 파트의 어떤 부분이 문제인지 디테일한 설명 없이 무조건 반복 연습을 한다면 결코 문제를 고칠 수 없다. 그건 속된 말로 삽질이다. 지휘자들이 그러는 이유는 대개 두 가지다. 소리가 좋지 않은데 어떤 부분이 문제인지 잘 모르는 경우이거나, 다른 하나는 지휘자가 친절하지 않아서이다.

외국 합창단의 리허설을 볼 때면 깜짝 놀라곤 한다. 그들은 이유

없이 반복할 경우에는 수긍하지 않고 반발한다. 무엇이 문제인지 알려달라는 것이다. 하지만 정확한 이유를 알려주고 반복을 시키면 백 번이고, 천 번이고 다시 한다.

작든 크든 조직을 이끄는 사람이라면 문제가 발생했을 때, 무엇이 문제이며 원인이 무엇인지를 정확히 알아야 한다. 문제가 무엇인지 모른다면 제대로 된 솔루션은 절대 나올 수 없기 때문이다. 잘못된 질문으로는 바른 답을 도출할 수 없다. 문제를 고치고, 잘못을 바로잡아 더 발전된 조직을 이끌고 싶은가? 그렇다면 파손된 곳이 어디인지, 상처 난 부위가 어디인지부터 명확히 파악하자.

시기마다 다른
인생의 템포

모두가 같은 북소리를 듣고
걸어야 하는 건 아니다.
_데이비드 소로

    템포는 마케팅 분야에서도 중요한 관심의 대상이다. 마케팅은 생산자가 제품이나 서비스를 소비자에게 유통, 판매하는 것과 관련된 일련의 경영 활동을 일컫는다. 즉 이는 인간의 심리와 관계, 사회문화 전반에 대한 이해가 없이는 결코 성공할 수 없는 분야다. 이런 이유로 마케팅 전략을 세울 때도 템포를 중요한 요소로 삼는다.

    한 연구에 따르면 호텔이나 레스토랑 같은 식사 공간에서 음악의 템포가 사람의 기분에 영향을 준다고 한다.* 빠른 템포는 흥미로움과 기쁨, 호감을 형성하고, 느린 템포는 편안하고 긍정적인 감정, 중간 템포는 친숙하고 행복한 감정 등을 형성한다. 이처럼 음악의 템포에 따라 공간에 대해 다른 이미지가 만들어진다.

배경음악은 매출과 소비 만족도에 영향을 준다. 백화점에서는 클래식 같은 느린 템포의 음악이, 쇼핑몰이나 패스트푸드점에서는 빠른 템포의 신나는 음악이 나오는 것도 그런 이유에서다. 홈쇼핑에서도 구매 주문 버튼을 누르도록 하는 데 음악의 템포는 매우 중요하다. 그래서 사람이 아닌 배경음악을 '또 한 명의 쇼핑호스트'라고 부를 정도다[**]. 특히 속도가 130~160BPM 정도로 빠른 걸그룹의 노래들이 선호된다고 하니 음악의 템포는 소비에도 영향을 미치는 중요한 요소임에 틀림없다.

* 정규엽, 조수현, 이원봉, 『호텔, 외식산업 배경음악의 장르와 템포에 따른 무드에 관한 연구』, 호텔경영학연구, 제17권 제3호, 2008년 6월

** 이정혁 기자, 「이 노래만 틀면 홈쇼핑 매출 '쑥쑥'…홈쇼핑 배경음악 1위는?」, 스포츠조선, 2017년 12월 27일

협연과 닮은
연인과의 관계

템포는 마케팅뿐 아니라 우리 삶 전반에서 떼려야 뗄 수 없는 중요한 요소다. 사람은 성장 시기별로 각기 다른 템포로 산다. 어린아이일 때는 빠른 템포로, 나이가 들면서는 점차 느린 템포로 살아간다. 또 날씨를 비롯한 환경에 따라서도 달라진다. 2018년 여름처럼 폭염이 지속될 때 삶의 템포는 전반적으로 느려질 수밖에 없다.

이렇게 템포는 일상의 다양한 부분, 인생 전반에 걸쳐 영향을 미치고 있다. 그래서 우리 모두는 상황에 맞는 템포를 조율할 줄 알아야 한다. 적어도 상대나 혹은 내가 속한 공동체의 템포를 느낄 줄 알아야 하고, 다양한 관계나 상황에 따라서 유연하게 변화해야 한다. 그것은 생각보다 많은 문제를 해결해줄 단서가 되기 때문이다.

연인과의 사이에서도 이러한 템포를 맞추려는 노력은 꼭 필요하다. 친구보다 더 친밀하고 오랜 시간 많은 것을 공유하는 관계이기 때문에 서로간의 불협화음은 더 크게 들리고 관계가 깨지기도 더 쉽다.

연인과의 관계는 교향곡보다는 협주곡에 더 가깝다. 협주곡에서는 협연자와 오케스트라가 한 호흡으로 연주하며 서로의 선율을 주고받는다. 독주 부분에서 협연자는 기교를 마음껏 뽐내고 오케스트라는 협연자의 템포에 맞추어 든든히 뒷받침해준다. 그러다가 오케스트라가 강조되는 시점에서 협연자는 잠시 연주를 쉬고 흐름을 경청하며 오케스트라를 배려해준다. 이후 어느 시점에서 둘은 다시 하나의 선율로 어우러져 협연을 진행한다.

만일 협연자가 열 마디 동안 지속되는 독주 부분에서 마음껏 박자를 가지고 놀며 기교를 뽐낼 때, 오케스트라가 협연자의 연주를 듣지 않고 열 마디만큼의 제 박자를 또박또박 세어 흐름을 뚝 끊고 끼어 들어간다면 그 연주가 제대로 지속될 수 있을까? 협연자는 또 얼마나 민망하겠는가. 아무리 박자를 맞게 세었다고 해도 좋은 협연이 될 수 없다.

이처럼 각자가 있는 그대로의 개성을 뽐내면서도 서로를 배려하고 템포를 맞추어가는 것, 그것은 연인 관계에 꼭 필요한 '밀고 당기기'의 과정이다. 연인을 비롯한 모든 인간관계에서도 상대방의 사정이나 서로 간의 관계를 고려하지 않고 나

만의 입장과 원리원칙만을 강요한다면 그 관계는 지속되기
어렵다.

혼자서만 앞서도 안 되고 너무 뒤처져서도 안 된다. 앞으로
나갈 때는 뒤로 돌아볼 줄 알아야 하고, 뒤에 처져 있을 때는
멈추지 말고 고개를 들어 앞사람과의 거리를 좁히려는 노력을
해야 한다. 이러한 상호 노력이 뒷받침되어야만 더불어 살아갈
수 있다.

어지러운 소음의 한가운데에서

서로를 사랑스러운 시선으로 바라보는 연인이 있다.

그곳에서부터 음악이 시작되는 게 아닐까.

타인의 속도로
걸어보다

누군가와 서로 공감할 때,
사람과 사람의 관계는 보다 깊어진다.
_오쇼 라즈니쉬

다른 사람과 템포를 맞추기 위해 필요한 것이 '감성지수'인데, 감정과 감성은 약간의 차이가 있다. 감정 치유 관련 책들을 보면 대체로 "자신의 감정을 최대한 그대로 느끼고 잘 표현하라"고 조언한다. 물론 중요한 일이며 일리 있는 말이다.

하지만 사회의 테두리 안에서 살아가는 사람들이 자신의 감정을 항상 솔직하게 타인에게 표현하기란 결코 쉬운 일이 아니다. 내 감정을 알아차리는 것은 중요하지만, 그 감정대로만 행동해서는 그다음 상황을 감당하기 어려울 수 있다.

호불호를 넘어서
감성의 영역으로

나는 감정 문제들을 해결하고, 원만한 사회 생활을 하는 데 가장 중요한 것이 감성(sensitivity)이라 생각한다. 혼자만 느끼는 기분을 감정이라고 한다면, 타인의 감정에 공감하고 그 감정을 배려하는 것은 감성이다. 감정은 즐거움, 슬픔, 기쁨처럼 우리가 느끼는 기분과 상태 그 자체를 말한다. 반면 감성은 인간이 가진 다섯 가지 감각기관을 통해 무언가를 인식하게 된 상태를 말한다.

뇌과학자들에 따르면 감정은 변연계에서 일어나는 신체적 자극에 대한 화학적 반응이라고도 한다. 그래서 무의식의 영역으로 보는 편이다. 반면 감성은 의식의 영역이며, 외부 자극을 받아들이는 것은 감성의 영역이라고 본다. 그래서 단순히 좋다, 싫다는 호불호의 차원을 넘어선다.

단순히 감정(feel, emotion)을 느끼는 것을 넘어 감성을 통해 판단하고 생각하며 지식과 연관시킬 수 있다. 좀 더 쉽게 설명하자면 영화에서 슬픈 장면이 나오면 감성이 풍부한 사람은 그에 공감해 '슬픔'이라는 감정을 느끼게 되는 것이다.

이런 이유 때문에 나는 감정이 감성에 의해 다스려질 수 있다고 생각한다. 그래서 감정적인 사람보다는 감성적인 사람이 되자는 이야기를 하고 싶다. 다른 사람과 함께 호흡하고 템포를 맞추는 능력을 기르자는 것이다.

삼남매의 막내인 나는 누나와 형이 있다. 앞서 말했듯이 가족끼리 잘 맞춰가며 살 것 같지만 그렇지 못하다. 누나는 양구에, 형은 원주에 거주하고 있기 때문에 현재는 내가 부모님을 부양하며 함께 살고 있다. 부모님과는 거의 평생을 함께 산 셈이다. 어떤 가족이나 마찬가지이듯 우리 가족 간에도 때론 사소한 일로 때론 중요한 일로 마찰이 있다.

먼저 다가가 맞춰주는 여유

템포를 잘 맞춰주는 사람은 상대의 말에 귀를 기울이며, 마음을 헤아리려 한다. 그리고 상대의 감정을 배려하고 격려해준다. 이런 태도는 지휘자의 역할과도 비슷하다. 지휘자는 자기 내키는 대로 먼저 달려 나가지 않고, 모두의 소리에 귀를 기울이며 함께 템포를 맞춰 나아갈 수 있게 해주는 사람이다.

벤저민 프랭클린은 "상대가 비록 불쾌한 말을 하더라도 오히려 적극적으로 그 이야기를 들어주어서 조금이라도 상대의 의견을 존중하는 태도를 가져라. 그렇게 되면 상대도 당신의 의견을 존중하게 된다"라고 했다. 그의 말처럼 다른 사람 이야기의 템포에 내 속도를 맞춰보자. 다른 사람이 내게 먼저 그래 주기를 바라지 말고, 내가 먼저 그렇게 해보는 것이다.

사실 모든 사람이 지휘자처럼 정확한 템포를 익히고 살 수는 없다. 하지만 감정보다 감성을 발휘해 다른 사람을 대한다면, 조금은 상대의 마음을 신경 써서 헤아리게 될 것이다. 그러면 속도와 박자를 맞춰가는 여유도 생겨나게 된다.

가끔씩 내 감정의 템포는 어떤지 돌아볼 필요가 있다. 너무 빠르거나 너무 느리다면 주변과 맞춰가는 노력을 해보는 것도 필요하다.

리더의 역할이란 조금 먼저 앞으로 나아가
위험을 살피고 길을 만드는 일이다.
지휘자 역시 마찬가지다.

콘브리오,
생기 있는 관계

우리는 가장 많이 어울리는
다섯 사람의 평균이 된다.
_짐 론

    한때 '힐링'이라는 말이 유행처럼 번진 적이 있다. 그즈음 감정 치료를 다룬 심리학책들이 쏟아져 나왔고, 힐링을 주제로 한 강연과 방송 프로그램이 인기를 얻었다. 하지만 나는 힐링이 만병통치약인 양 인식되는 것이 조금 우려스럽다.

    '힐링(healing)'이라는 단어 자체에는 병든 사람을 이전의 상태로 다시 되돌려놓는다는 치료적 의미가 있다.* 하지만 힐

---

* 김은준, 「초기 힐링담론의 자기통치 프레임과 담론효과」, 한국언론정보학보 38-71,
  2015년

링만으로 제대로 된 치유를 하기는 어렵다는 게 내 생각이다. 힐링은 본질적으로 개인의 내면과 상처를 치료하는 것에 국한되기 때문이다.

물론 모든 치유는 '자신'으로부터 시작돼야 하지만, 이것만으로는 부족하다. 혼자 내면을 치유했다 해도 다시 관계, 사회와 조직이라는 울타리 안으로 들어오면 또 다른 문제에 부딪혀야 한다.

힐링 대신에
셰어링하라

중요한 것은 자기 혼자만의 힐링으로 끝나서는 안 된다. 우리는 고립된 존재가 아니다. 관계의 자리로 나와서 다른 이들과 부대끼며 아픔이든 기쁨이든 셰어링 (sharing)해야 한다. 힐링을 넘어 관계 맺기를 통한 치유가 이루어져야 한다는 말이다.

간혹 상처를 피하고 싶어서 비슷한 유형의 사람들하고만 어울리는 경우가 있는데 이는 정말 추천하고 싶지 않다. 예를 들어 우울증으로 자살 충동을 느끼는 사람이 있다고 해보자. 이 사람이 자살 사이트 같은 곳에 가입해서 비슷한 사람들과 만나면 어떻게 될까? 오히려 서로를 악화시켜 최악의 상황으로 갈 수도 있다. 비슷한 유형끼리 있으면 서로의 문제점을 더 강화시키는 게 일반적인 현상이다.

악보에는 '콘브리오(con brio)'라는 단어가 자주 등장한다. '~을 가지고'란 뜻의 콘(con)과 '생기'란 뜻의 브리오(brio)를 결합한 말이다. 즉 생기 있게 연주하고 노래하라는 뜻이다. 악보는 그림을 그려놓은 종이에 불과하다. 그 자체로는 죽어 있다고도 할 수 있다. 그러나 지휘자와 단원이 그 악보에 호흡을 싣고 템포를 정하고 마지막으로 표현을 하게 되면 드디어 생기가 살아나는 것이다.

그래서 나는 콘브리오라는 말을 굉장히 좋아한다. 생기 있게. 합창이나 연주뿐 아니라 일상생활에서도 콘브리오가 필요하다. 생기 있는 사람은 주변 사람들을 기분 좋게 하고 긍정적 에너지를 불러일으킨다. 조직에서도 생기를 불어넣어주는 리더가 있는 조직과 그렇지 않은 조직은 공기부터가 다르다.

우리가 만나는 사람들이
우리를 대변한다

누나가 집에 오는 날이면 우리 집안은 웃음 소리로 들썩인다. 누나는 감성적인 사람이라 영화나 개그 프로그램을 보면 잘 공감하고, 자신이 느낀 감정을 표현하는 데 거침이 없다. 그래서 TV를 보더라도 누나와 함께라면 즐거움이 배가된다. 유쾌하고 활력이 넘치는 누나는 주변 사람을 기분 좋게 만들어주고 늘 생기를 불어넣어준다.

반면에 어머니는 그 반대다. 감정의 변화가 심한 편이라 혼자 있으려 할 때가 많으시고 그러다 보니 우울감이 늘어난다. 우울감이 심한 날에는 괜한 오해를 하시거나 이상한 생각을 해서 주변 사람의 마음도 불편하게 만드신다. 그런 성격은 어머니 자신뿐 아니라 주변 사람도 힘들게 한다. 나는 어머니와 함께할 때면 덩달아 감정이 다운되곤 한다.

그래서 낮 동안 어머니의 외부 활동 폭을 넓혀드리고 있다. 민요를 즐기시는 편이기 때문에 문화센터에서 운영하는 노래교실에 나가시도록 했다. 그러고는 꼭 긍정 에너지가 넘치는 사람 옆에 앉으시라고 신신당부한다.

사람은 비슷한 사람끼리 만나면 왠지 편안하고 공감을 받는 기분이 든다. 그것도 장점이 될 수 있다. 하지만 반대 성향의 사람을 만나 생경함을 느껴보는 것도 좋다. 나와 다른 사람을 통해 오히려 나를 더 잘 인식할 수도 있을뿐더러 자신이 갖지 못한 부분을 채울 수도 있다.

　"우리는 가장 많이 어울리는 다섯 사람의 평균이 된다"는 작가 짐 론(Jim Rohn)의 말을 되새겨보자. 그만큼 사람들은 자주 만나거나 어울리는 사람을 닮아간다는 의미다. 우울하고 가라앉는 사람이라면 밝고 긍정적인 사람을 만나자. 성격이 급하고 덤벙대는 사람이라면 차분하고 이성적인 사람을 만나는 것도 좋다. 세상 어딘가에는 분명 있다. 나를 더 나은 사람이 되게 해줄 사람이.

"또 다른 도전, 강연을 시작하다"

어느 날 대학교 성악과 조교이자 동기인 한 친구에게서 연락이 왔다. 합창으로 기업 교육을 하는데 혹시 관심이 있느냐고 물었다. 원래는 다른 선배가 맡아주기로 했으나 갑자기 연주 일정이 잡혀 못하게 됐다는 것이었다. 합창으로 하는 기업 교육이라니, 생소한 분야였고 단 한 번도 생각해본 적 없는 일이었다. 그러나 도전을 두려워하지 않던 나였기에, 좋은 기회라 생각하고 흔쾌히 승낙했다.

그렇게 맡게 된 첫 강연은 2006년, 모 병원에서 진행된 신입 간호사들을 대상으로 하는 강의였다. 강의에 앞서 기업 교육 컨설턴트 몇 분에게서 성악과 동기, 후배들과 함께 교육에 대한 설명을 들었다. 기업 교육 프로그램은 동기부여 강의, 팀별 연습, 피드백으로 연결되는 짜임새 있는 교육이었다. 기업 교육은 잘 모르지만 조금 더 살을 붙이고 내용을 알차게 만들면 더 좋은 교육이 되겠다 싶었다.

지휘자와 단원은 함께 호흡하고, 템포를 맞추며, 음악적 표현도 모두 함께해야 한다. 또한 합창단원들은 음악 시작 전부터 서로 소리를 맞추기 위해 필사적으로 노력해야 한다. 그리고 이 모든 것에 앞서, 여러 사람의 목소리가 하나가 되기 위해서는 먼저 마음이 맞아야 한다.

흔히 합창이라 하면 단순히 많은 사람들이 화음을 맞춰 노래하는 것이라고만 생각한다. 하지만 합창은 여러 사람이 하나의 성부를 소리 맞추어 부르는 '제창(齊唱)', 다성악곡(多聲樂曲)의 각 성부를 한 사람씩 맡아서 부르는 '중창(重唱)' 등 다양한 종류로 구분된다. 또한 성별에 따라 남성합창, 여성합창, 혼성합창으로 구성되기도 한다.

합창이라고 해서 꼭 소리를 모아 하나로만 내는 것은 아니다. 주고받는 합창, 돌림노래 형식의 합창, 솔로가 질문을 하고 합창이 대답을 하는 형식의 합창도 있다. 위에서 선율을 높게 부르는 데스칸트(descant, 메인 선율보다 보통 더 높게 부르거나 연주하는 선율) 형식의 합창이라는 것도 있다. 합창은 서로의 개성과 목소리를 무시하고, 다 같이 똑같은 소리만을 내는 것이 아니다. 가끔은 소리를 더 내기도 하고, 어쩔 땐 내 소리를 많이 줄여줘야 할 때도 있다.

이러한 합창은 조직 생활과 비슷한 면이 많다. 팀워크가 좋은 조직이 되기 위해선 모두가 제 역할에 충실하되 팀 전체를 고려해야 한다. 개인의 성과에 급급해 자신의 이득만 생각한다거나 적당히 묻어가기 위해 제 역할을 충실히 하는 않는다면 좋은 팀워크가 발휘될 수 없다.

이러한 합창의 원리를 토대로 인간관계, 조직생활에 대한 이야기로 연결하니 강연을 듣는 이들이 좋아했다. 일상에서 부딪히는 문제

들이 음악과 합창의 원리로 설명되니 그만큼 이해하기도 쉽고 그 중
요성이 훨씬 더 잘 와 닿았던 것이다.

바로 이 점이 다른 강사들은 못하지만 나는 해줄 수 있는 이야기였
다. 나만의 강의가 들려줄 수 있는 이야기의 힘이 여기에 있었다.

쉼표 없는 악보는
공허하다

인생 최대의 영광은 한 번도 실패하지 않은 것이 아니라
실패할 때마다 일어서는 것이다.
_올리버 골드스미스

유학을 다녀오지 않은 음악가가 클래식 분야에서 일을 하기란 쉽지 않다. 비유학파가 '나름 잘 풀렸다'라고 말하는 경우가 시립합창단 단원이 되는 것이다. 나 역시 각종 시립합창단 단원 모집 공고가 나면 부리나케 달려가 응시했지만 그때마다 낙방하곤 했다. 그렇게 떨어질 때마다 나를 위로해준 한마디가 있다.

"그래! 한 템포 쉬어가면 되지."

나에게
나를 묻는 시간

너무 빨리 가면 알지 못하는 것이 있음을 애써 떠올리며 스스로를 위로했다. 빨리 가느라 주위를 돌아보지 못해 놓치는 것들이 생길 수 있다. 또는 목표를 이루고도 그 성공의 소중함을 모르는 경우도 있다. 등산할 때도 정상을 향해서만 가느라 정신없이 가다 보면 길가에 핀 꽃이나 등산로에서만 볼 수 있는 나무들과 산의 냄새를 느끼지 못한다. 또는 어떤 자리에 너무 쉽게 오르게 되면 그것이 얼마나 소중하고 귀한 자리인지 몰라서 금방 포기해버리는 경우도 있다.

더 의미 있었던 것은 한 템포 쉬어가면서 나를 돌아보게 되었다는 점이다. 늘 바쁘게 살아가는 현대인이 열심히 일하면서도 자주 공허함에 빠지는 이유는 자신이 왜 그렇게 열심히 사는지 모르기 때문이다. 마치 쉼표가 없이 음표로 빼곡한 악보처럼 탈진하기 쉽다.

한 템포 쉬어가면서 나만 돌아본 것은 아니다. 열심히 일하면서 나와 같이 고생하는 주위 사람들을 이해하게 되었고, 또 내가 정말 하고 싶은 일이 무엇인지를 알아가는 시간이 되었다. 그래서 '한 템포 쉬어간다는 것'은 또 다른 의미에서 '성장하는 시간'이기도 했다. 이번에도 그랬다. 한 템포 쉬어가면서 나를 먼저 돌아봤다.

'김진수, 정말 합창단원 활동이 하고 싶니?'

수차례 스스로에게 물었고, 내 가슴은 여지없이 '하고 싶다'고 답했다. '좋아, 그러면 합격을 위해선 무엇을 해야 할까?' 또 다시 나에게 질문을 던졌다.

많은 고민이 오갔다. 지금까지 연습을 계속 해왔는데, 여기서 무엇을 더해야 할지 막막했다. 게다가 시립합창단 오디션에서 1차 시창시험에서 모두 낙방을 했으니 스스로 많이 위축되어 있는 상황이었다. 그렇다면 시창시험부터 통과하는 것부터 해야겠다는 생각이 들었다. '그래, 시창 책을 모두 외워버리자.'

쉴 수 있었기에
달릴 수 있는 것

굳은 결심이 서고 난 그 길로 곧장 서점에 갔다. 시창 책 3권을 구입하고 하루 8~9시간씩 책을 통째로 암기하며 연습했다. 지금 글로 써내려 가면 그때의 노력이 단 몇 줄로 정리가 되지만 사실 내겐 어마어마한 노력과 인내의 시간들이었다. 매일 나의 한계와 싸워야 했고, 그 한계를 넘어설 때마다 작은 성취를 맛볼 수 있었다.

시창 연습만 8시간을 하고 나면 목이 완전히 쉬어버리는 지경이 된다. 그래도 게으름 피우지 않고 도전했다. 이번이 마지막이라는 심정으로 임했다. 책을 통으로 암기를 할 기세로 달려드니 뇌가 받아들이는 정도가 평소와 다른 것 같았다. 엄청난 긴장감과 집중력으로 연습을 한 셈이다.

시간이 흘러 시창 책 3권의 암기가 마무리될 즈음, 나 스스로도 내가 달라졌다는 걸 느꼈다. 무엇보다 몸속 깊이 생긴 자신감이 있었다. 열심히 연습하고 단련한 후에 생기는 어떤 힘이 나를 뿌리부터 지탱해주는 기분이었다. 또 순간순간 고비마다 스스로의 한계와 싸워 이기면서 얻은 성취감이 자긍심을 만들어주었다.

혹독한 연습 끝에 도전한 곳은 바로 '국립합창단' 오디션. 주위에서도 별 기대를 하지는 않았다. 시립합창단보다 경쟁률이 몇 배는 더 치열한 곳이 바로 국립합창단이다. 그러나 준비

된 자에게는 기회가 오는 법이다. 국립합창단 오디션 1차 시창에는 내가 외웠던 시창과 거의 비슷한 음정의 패턴 문제가 나왔다. 긴장할 것도 없었다. 매일같이 연습했던 대로 몸이 움직여주었다. 하루 8시간의 연습이 든든한 지원군이 되어주었고, 그 결과 나는 만점을 받는 쾌거를 이루었다.

그때의 그 전율은 아직도 잊지 못한다. 결과도 기뻤지만, 그보다는 나의 피나는 노력으로 여러 실패를 딛고 성장했다는 기쁨이 더 컸다. 덕분에 2차 아리아를 볼 수 있는 기회가 생겼고, 정단원은 아니었지만 준단원으로 2002년부터 2003년 10월까지 국립합창단 생활을 했다. 나중에 이 이야기를 전해들은 지인이 나에게 이런 질문을 했다.

"에이, 지휘자님 원래 악보를 잘 외우는 편이시죠?"

"제가요? 전혀 아니에요. 악보 외우는 속도가 남보다 느려서 고생 많았는걸요. 오죽하면 중앙대 다닐 때 악보 암보를 못해서 1학년 1학기 실기 시험에서 꼴찌를 했을 정도입니다. 하루 종일 시창 책을 붙들고 반복에 반복을 거듭해 피나는 노력으로 외운 거예요."

"하루 종일이요? 그럼 그때 휴학 중이었어요?"

"아뇨. 심지어 국립합창단 1차 시험이 졸업 연주 기간이랑 겹쳤어요. 졸업연주마저 포기하고 국립합창단 1차 시험에 모든 것을 건 거예요. 돌이켜보면 그만큼 '절실함'이 있었던 것 같아요."

"와, 대단하시네요. 대체 어떻게 그럴 수 있죠? 말씀처럼 오로지 하나에 집중하게 만드는 아주 강력한 절실함이 기적을 만들었군요."

나는 그때의 절실함으로 내 안에 숨겨진 또 다른 능력을 발견하게 되었다. 악보를 못 외우기로 유명한 내가 '의지력' 하나로 이런 결과를 만들 수 있다는 것이 놀라웠다. 그러니 한 템포 쉬어가는 것을 두려워하지 않았으면 좋겠다. 한 템포 쉬어가는 동안 더 멀리 뛸 수 있는 힘이 차곡차곡 쌓이기 때문이다.

휴식은 고갈된 에너지를 채워주고, 앞으로 나아갈 수 있는 새로운 힘을 준다. 또 앞만 보고 달려왔던 나를 돌아봄으로써 다시금 업의 본질을 되새기고 열정을 생성하는 기회를 주기도 한다. 그 유명한 발명가 토머스 에디슨은 실패의 왕이 아니었던가. 그는 수 천 번의 실패 끝에 전구를 발명했다. 많은 사람들이 그의 실패 경험에 대해 질문했을 때 그는 이런 명언을 남긴다. "나는 실패한 것이 아니다. 단지 1만 가지 이루어지지 않는 방법을 알아냈을 뿐이다."

인생은 수많은 실패들을 발판으로 의미 있는 성공들을 만들어가는 과정이라고 생각한다. 그러므로 지금 실패의 연속에 있더라도 계속해서 도전하고 노력하는 것이 중요하다. 간혹 넘어지더라도 주저앉지 않고, 거기서 무언가를 줍고 일어날 수 있으면 그만이다.

쉬지 않는 것이 미덕인 시대가 있었다.

이제는 모두가 저녁이 있는 삶을 이야기 한다.

쉼을 노래한다.

지금 나의 가슴은
뛰고 있는가

한 인간의 가치는
그가 무엇을 받을 수 있는가가 아니라
무엇을 주느냐로 판단된다.
_알베르트 아인슈타인

얼마 전 모 은행 교육을 마치고 연수원 식당에 줄을 서 있었다. 강의 전에는 상당히 긴장을 하는 데다 강의할 때는 온 열정을 쏟아 붓는 터라 강의를 마치고 나면 늘 급작스러운 허기가 찾아온다. 그날도 마찬가지였다. 그런데 내 뒤에 서 있던 교육생이 말을 걸어왔다.

"지휘자님, 생년월일이 1975년 4월 10일 맞으세요?"

"네, 맞습니다."

"저랑 동갑인데, 벌써 이렇게 성공하셨네요! 우리 나이에 이렇게 성공하는 게 쉽지 않은데 말예요!"

"성공이라… 성공이란 게 뭘까요? 전 마음이 편하고 행복한 상태, 내 마음에 공허함 없이 기쁨으로 꽉 찬 상태가 성공이라고 생각합니다. 그런데 그 상태를 느끼고 있는지 아직 잘 모르겠어요. 과연 성공했다고 말할 수 있을지……."

만나기 어려워져야 성공이다?

겸양의 말이 아니었다. 내 또래의 사람들보다는 수입이 많은 편이지만, 하룻밤에 수천만 원을 쓰고도 남을 부자들에 비한다면 부족하다. 아직까지도 돈을 생각하면 왠지 공허하고 초조해지곤 한다. 더 많은 돈을 벌어야 하고 그러기 위해 더 뛰어야 한다는 압박을 느낀다.

단지 돈만 걸리는 건 아니다. 오랜만에 하루 쉬는 날이라도 있으면 남들보다 뒤처지는 것은 아닐지 걱정도 된다. 뭐라도 배우고 뭐라도 해야만 하루를 알차게 보냈다는 생각에 편안한 휴식을 취해본 지도 꽤 된 것 같다. 열심히 일을 하면서도 시시때때로 정말 잘하고 있는 것인지, 이 일을 언제까지 할 수 있을

지 불안하다. 그런데도 내가 성공했다고 할 수 있을까?

'성공'에 대한 이야기를 하다 보니, 몇 년 전 지인을 만나러 고급 아파트에 갔을 때의 일이 떠오른다. 이 아파트 1층 로비에는 안내 데스크가 있는데 보안요원 역할까지 하고 있었다. 세 번은 신분증을 확인해야 건물 안으로 들여보내줬다. 건물 입구에 들어설 때까지 특별할 것 없었는데, 신분 확인 절차를 거치며 많은 생각을 하게 됐다.

자기계발 강연에서 강사가 했던 말이 떠오른 것이다. 성공하려면 만나기 어려워져야 한다. 성공한 사람, 그들을 만나기 위해서는 복잡한 과정을 거쳐야 한다. 집을 방문할 때도 몇 번씩 신분증을 제시해야 하고, 철저한 신분확인이 된 후에야 대면할 수 있다는 내용이었다. 그 지인을 만나기 위해 그날 내가 경험한 일들이 그날의 강연 내용과 고스란히 겹쳤다.

하지만 묘하게도 씁쓸함이 찾아왔다. 그것이 정말 참된 성공일까? 그저 만나기 어려운 사람이 되어 자기보다 못하다고 여겨지는 사람들과 구분되는 것. 다른 이들보다 조금 더 위에 있다고 우월감을 느끼는 것. 그것이 성공한 인생인 걸까?

가슴 뛰는 삶이야말로 행복한 삶, 성공한 삶이다

나는 그날 신분 확인 후에야 열리는 문을 보면서 마치 그곳에 사는 사람들의 닫힌 마음을 확인한 기분이 들었다. 사람들은 물질적 성공을 위해 자신의 마음을 가리는 경향이 있다. 남에게 나를 다 드러내지 않는 것이다. 내가 성공하기 위해서 타인을 밟고 올라가야 한다면 그럴 것이고, 상대의 약점을 파헤쳐 폭로해야 한다면 그럴 것이기 때문이다.

우린들 그런 욕망에서 자유로울까? 선한 가면을 쓰고 있지만 우리의 내면 어두운 곳에는 사실상 남보다 앞서가기 위한 욕망이 들끓고 피 튀기는 전쟁도 마다하지 않을 마음이 도사리고 있지는 않은가? 그 혈투가 세상에 드러나지 않을 뿐, 우리의 내면에서는 순간순간 치열한 전투가 벌어지고 있는지도 모른다. 그러다 보니 세상과 타인을 향해 쉽게 마음을 열지 못하는 것이기도 하다.

나를 다 보여주면 행여 나의 전략과 약점이 노출되지는 않을까, 상대를 너무 믿으면 혹시 배신당하지 않을까, 너무 착하게 굴면 호구로 여기지는 않을까 하는 마음. 그래서 손잡고 함께 나아가기보다는 경계하고 의심하면서 한발이라도 앞서 나가기를 선택한다. 그리고 그런 삶이 행복할 리 만무하다.

나는 큰 부자도 아니고, 사회적 명성이 대단하지도 않다. 그저 내가 좋아하는 일을 하며 순간순간 최선을 다하고 또 조금 먼 미래를 위해 꿈을 설계할 뿐이다. 무엇보다 그 모든 과정이 재미있고 행복하다. 그런 의미에서 본다면 나는 성공을 한 것인지도 모르겠다. 내가 좋아하는 일을 하면서 가슴 뛰는 삶을 살고 있으니 말이다.

무엇을 성공한 삶이라 할지, 거기에는 정답이 없을 것이다. 그건 각자의 마음속에서 본인만이 아는 잣대와 마음의 저울로 측정하는 것일 테니까. 하지만 이것 하나만은 분명하게 말할 수 있다. 하루하루 가슴 뛰는 삶을 산다면 그건 분명 성공한 삶이라는 것 말이다.

"언어가 끝나는 곳에 음악은 시작된다"는 모차르트의 말.

더 무슨 말이 필요하랴.

음표와 음표 사이에
웃음을

웃음 없는 하루는 낭비한 하루다.
_찰리 채플린

표현 중에 가장 효과적인 표현이 있다면 바로 '웃음'일 것이다. 나는 황수관 박사의 웃음에 관한 강연을 인상 깊게 기억한다. 웃으면 체내에서 엔돌핀이 분출된다.

황 박사의 말에 따르면 웃음은 사람의 몸에서 자가 생성되는 모르핀(진통제)이라는 것이다. 그러면서 평상시 운동을 하지 않다가 갑자기 운동을 하면 며칠 끙끙 앓는 일에 웃음을 비유해 설명했다. 아파도 운동을 꾸준히 한 사람은 심신이 건강하다. 그들은 운동을 전혀 하지 않은 사람과 비교된다.

　　웃음도 마찬가지다. 체내의 장기를 비롯해 발가락부터 머리까지 온몸을 다 쓰면서 박장대소하며 웃어보라고 한다. 그렇게 하루에 10분만 웃으면 평소 쓰지 않던 근육을 쓰게 되고, 운동한 효과가 있다. 더불어 웃음은 자신뿐 아니라 주변의 사람들에게도 긍정적 영향을 미친다. 나도 강의가 생각만큼 잘 안 풀릴 때는 교육생을 보며 많이 웃는다. 그러면 신기하게도 함께 웃어주는 교육생이 생기고, 많이 웃는 강의일수록 교육 만족도 또한 높아진다.

　　보통 사람들이 강의를 듣기 위해 앉을 때 자리가 정해지지 않은 상태에서는 대체로 뒷자리부터 앉곤 한다. 그럴 때면 본의 아니게 앞자리에 앉게 되는 교육생들, 특히 나와 가장 가까운 자리에 앉는 교육생에게는 이렇게 물어본다.

　　"이 자리에 앉아주셔서 정말 감사합니다. 이 자리에 앉으신 건 정말 제 강의를 도와주고 싶은 마음에서 앉으신 거죠?"

　　그러면 대부분의 교육생들은 얼굴이 빨개지고 어쩔 줄 몰라하지만, 한순간 웃음바다가 된다. 그리고 그 사람을 향해 환한 미소를 보이며 10초 가까이 쳐다본다. 그러면 그 교육생은 약간 부담을 느끼면서도 재미있는 상황에 이끌려 내게 호감으로 응답한다. 그렇게 마음이 열리면 실제로 강의에 적극적으로 임하게 된다. 놀라운 마술과 같은 효과다.

웃음에는 크게 세 가지가 있다. 첫째는 선(善)한 웃음. 한자를 보면 입구(口)자와 아름다울 미(美)로 이루어져 있다. 입으로부터 아름답게 웃는 웃음, 그것이 선한 웃음이다. 둘째는 악(惡)한 웃음. 마음이 악하니 웃음이 억지스럽게 느껴지며 사악한 기운이 풍긴다. 영화나 드라마에 등장하는 악당의 웃음을 떠올리면 이해가 될 것이다. 이들의 웃음은 온전히 자기만족에 기인한다. 셋째 비(非)웃음. 선한 것도 악한 것도 아니며, 웃음이 아닌 웃음이다. 이런 정체성 없는 비웃음은 상대를 힘들게 하고 오해를 불러일으킨다.

스탠퍼드대학 의과 교수인 윌리엄 프라이(William Fly)는 "웃음은 감염된다. 이 둘은 당신의 건강에 좋다"라고 말했다. 감정은 전염성이 강해서 부정적인 사람 가까이 있으면 어느새 부정적이 되고, 긍정적인 사람 가까이 있으면 나도 모르게 긍정적으로 바뀐다.

웃음 역시 마찬가지다. 햇살처럼 환하게 웃는 사람은 주변 사람까지도 덩달아 웃게 만들고 기분 좋아지게 한다. 좋은 감정의 전염이다. 그런데 아직까지도 우리 사회는 표현에 서툴고 엄숙주의가 만연해 있어 웃음에 인색하다.

얼마 전 조찬 특강을 하러 간 적이 있다. 아침 7시부터 시작하는 조찬특강은 보통 회사의 중역들이 참여한다. 분위기는 엄중하고 무겁다. 눈을 감고 있는 사람도 많다. 아무리 분위기를 풀어보려고 노력해도 엄숙하고 경직된 분위기가 쉽게 풀리지 않았다.

많이 웃으면 헤프다는 인식이 자리하고 있어서인지 자신이 중요한 인물이 되었을 때, 또는 높은 자리에 올라가기 위해서는 진중해야 한다고 생각하는 경향이 있다. 그러나 시대가 변했다. 이제는 다가서기에 편한 사람이 관계 속에서 소통을 쉽게 할 수 있고, 소통이 원활한 사람이 사회적으로도 성공한다. 앞서 목소리가 주는 첫인상에 대해 말했는데, 이에 못지않게 중요한 것이 바로 '표정'이다.

어린아이들을 보자. 자신이 느끼는 감정을 있는 그대로 표현한다. 이처럼 어릴 때는 표현력이 풍부해서 자신의 감정을 솔직하고 다양하게 나타내고 좋은 것을 대하면 웃으면서 반응하는 것이 자연스럽다. 그러나 성인이 되면 표현력의 20분의 1도 쓰지 못하게 된다. 좋은 감정이든 나쁜 감정이든 불문하고, 마치 가면을 쓰듯 자신의 감정을 내색하지 않으려 노력하게 된다. 그러다 보니 무표정이거나 어두운 표정이 자리하게 되는 건 당연지사다.

대뇌에는 표정통제중추와 감정통제중추가 있는데, 이들은 연결되어 있다. 표정이 어두워지면 감정이 어두워지고, 감정이 어두워지면 표정이 어두워진다. 심리학에서는 이를 안면피드백 이론이라고 한다. 힘이 들수록 웃으라는 건 공연한 말이 아니다. 힘들어서 얼굴이 어두워지면 점점 더 부정적 감정의 수렁에 빠지게 된다.

힘이 들 때야말로 거기서 벗어나기 위해 기운을 내고, 상황을 헤쳐 나가는 용기가 필요하지 않겠는가. 그러니, 웃음의 힘을 가벼이 여기지 말자.

웃음 연습의
성과는?

　　예전에 한 교회에서 솔리스트(Soloist)로 활동한 적이 있는데, 그곳에 사역하시던 담임목사님께서 했던 말이 기억난다.

　"진수 형제는 소리가 참 좋은데, 표정이 어두운 게 아쉬워."

　군 제대 후 대학 3학년 재학 중인 시절이었는데, 아직도 그 말이 잊히지 않는다. 그만큼 내 표정이 밝지 못했던 것이리라.

　그래서 지휘자가 되고자 결심한 후로는 지속적으로 표정 연습을 했다. 내 표정 때문에 오해를 사고 싶지 않았고, 주변 분위기를 부정적으로 만들고 싶지도 않았다. 그래서 매일 한 시간씩 거울을 보면서 웃었다. 표정 연습, 특히 웃는 얼굴을 많이 연습했다.

　사실 이런 연습은 정말 어색했지만 선택의 여지가 없었다. 내 앞에 놓인 거울을 액자라고 생각했고, 거울에 비친 내 모습이 자화상이라고 상상했다. 그리고 이 자화상이 어느 미술관에 걸려 있다고 가정하고, 그걸 본 이들이 행복함을 느꼈으면 좋겠다는 마음으로 6개월이 넘도록 꾸준히 표정 연습을 했다.

처음에는 그저 억지스런 웃음이었지만, 시간이 지남에 따라 표정 변화가 보였다. 6개월 뒤에는 자연스럽게 미소를 짓는 표정을 완성할 수 있었다. 어느 날 관상학으로 강의하는 강사를 우연히 만났는데, 그분이 내 얼굴을 보며 이런 말을 해주셨다.

"백만 불짜리 인상이네요. 행복하시죠?"

"네? 혹시 관상을 봐주신 건가요?"

"하하하, 아뇨! '관상'이 아니라 '인상'을 본 건데요."

기독교 신자인 나는 관상이니 사주니 하는 것은 관심이 없었지만, 인상이라고 하니 궁금해졌다.

"제 인상이요? 제 인상이 어떤가요?"

"관상에서는 보통 타고난 운이나 정해진 운명 같은 걸 말해주죠. 하지만 인상학에서는 사람의 인상이 대부분 후천적인 환경으로 만들어졌다고 봐요. 그래서 지금의 인상을 보고 그 사람의 현재 심리 상태나 사회적 관계 같은 걸 분석합니다."

"네 그렇군요! 사실은 저도 멋진 미소를 위해 매일 웃는 연습을 했습니다."

"그런 인상을 가지면 좋은 사람들을 만나고, 복도 따라오지요. 그래서 행복하시냐고 물어본 겁니다. 행복해지실 거예요!"

내 노력이 빛을 발했다. 내가 자연스럽게 웃는 얼굴을 가지니 내 마음도 따라 웃었다. 그런 웃음이 전해져 사람들이 나를 보고 덩달아 미소 짓게 되었다. 그런 미소는 사람들과의 관계를 열어주었고 좋은 일이 생기게 해주었다.

새로운 강의 기회로, 좋은 강의 평가로, 훌륭한 강사님들과의 네트워크로 연결되어 나에게 돌아왔다. 그렇게 오늘날의 강사 김진수가 있기까지 밝은 미소는 중요한 관계의 고리가 되어주었다. 내가 대인관계에서 '표현', 그중에서도 '미소'를 강조하는 이유가 바로 이 때문이다.

심리학자이자 얼굴 표정 전문가로 유명한 폴 에크먼(Paul Ekman) 교수는 연구를 통해 "우리의 뇌는 진짜 웃음과 가짜 웃음을 구분하지 못한다"는 사실을 밝혀냈다. 즉 억지웃음을 지어도 우리 뇌는 그것을 진짜 웃음으로 이해하고 실제로 즐거운 감정을 유발시키는 신경이 작용한다는 것이다. 그래서 진짜 웃음과 비슷한 결과를 보여준다고 한다.

정말 즐거워서 웃는 것이 아니라 웃고자 애쓰는 것만으로도 효과가 있다니 놀랍지 않은가. 웃음은 나를 행복하게 하고,

상대를 행복하게 한다. 인간관계를 부드럽게 만드는 데 있어 웃음만큼 힘이 강한 것이 있을까. "웃으면 복이 온다"는 옛말은 아마도 '선한 웃음'이 가져오는 선순환 효과를 말하는 것이리라.

"입을 연다는 것은 마음을 연다는 것"

강의를 하면서 가장 좋았던 것은 다양한 사람들을 만난다는 것이다. 한번은 안양구치소에서 강의를 하게 되었다. 100시간 교육 중 첫 시간, 내게 3시간이 주어졌다. 교육 대상자들은 경제사범들이었다. 부도난 회사의 사장들이나 금융권 종사자 등 석사, 박사의 학력에 자기 사업체를 운영하던 이들이 많았다. 과거 사회에서의 포지셔닝과 구치소에 있는 현재의 모습 사이에 간극이 큰 이들이었다. 그래서인지 오히려 자존감이 한없이 떨어져 있었다.

처음 한 시간 동안은 쉽지 않았다. 나와 반주자도 긴장했고 그분들도 선뜻 참여하지 못했다. 아니, 전혀 참여를 할 마음이 없었다. 그렇게 아무 성과 없이 한 시간이 흘렀다. 자존감이 한껏 낮아진 그분들과 함께 합창을 한다는 것이 처음부터 무리한 일 아니었을까. 몸에는 식은땀만 주르륵 흘렀다.

그리고 두 번째 시간이 시작되었다. 나는 포기하지 않고 온몸으로 노래하기 시작했다. 그때 한 분이 크지 않은 목소리로 '에휴, 불쌍하네…' 하고 말했다. 분명 기회의 목소리였다. 대화의 기술은 타이밍이다. 나는 그분께 과감히 다가가 말을 건넸다.

"제가 불쌍해요? 제가요?"

"네. 불쌍해요."

"그럼 저 좀 도와주실래요?"

"어떻게요?"

이미 그분은 나와 대화를 하고 있었다. 입을 연 것이다.

"저랑 같이 크게 노래를 불러주세요."

이네 그분은 마음을 열고 노래하기 시작했고, 그와 더불어 한 분, 두 분 점점 많은 사람들이 조금씩 목소리를 내기 시작했다. 입이 열리자 마음도 열린 것이다.

조금씩 목소리가 커지고 점점 분위기가 달궈지더니 어느 순간 모두가 노래를 부르고 있었다.

그날 부른 노래는 〈젊은 그대〉였다.

"젊은 그대 잠 깨어오라. 젊은 그대 잠 깨어오라. 아, 사랑스런 젊은 그대. 아, 태양 같은 젊은 그대"라는 힘찬 가사에 모두 흥이 올랐다. 나중에는 조금씩 개사를 하며 화음을 맞췄고, 결국 한마음이 되어 춤도 추었다.

나는 강의 중에 "wake up! 나를 깨워라! 나를 일으켜 세워라! 그게 가장 중요하다!"라는 말을 자주 한다. 말이 씨가 된다고 하지 않던가.

계속 그렇게 외치다 보면 어느 순간 그렇게 되어 있는 경우도 많다. 긍정과 희망의 주문을 외우며 그것이 현실로 나타나는 마법을 부리는 것이다.

노래를 하면서 그 즐거운 기분과 힘찬 기분을 스스로 고양시킬 수 있게 하는 게 나의 역할이다. 물론 굉장히 어려운 일이다. 그렇게 되려면 내가 먼저 마음을 열어야 한다. 처음에는 그들을 리드하는 내가 교육생들의 10배, 20배에 달하는 에너지를 갖고 있어야 그들을 리드할 수 있다.

강연은 단순히 지식의 전달을 목적으로 하지 않는다. 짧은 시간이지만 그들과 교감하며 에너지를 주고받는 것이 중요하다. 그러면 내가 교육생들에게 무언가를 준 게 아니라 오히려 받고 왔음을 느낀다. 서로 시너지를 주고받으며 한뼘 더 성장하는 것이다.

4장

대단원의 막

–

함께 노래한다는 것

사회생활이란
크고 작은 합창의 연속

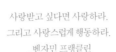

사랑받고 싶다면 사랑하라.
그리고 사랑스럽게 행동하라.
_벤자민 프랭클린

언제부터인가 혼술러, 혼밥러, 나홀로족, 1인 가구…… 이런 말들이 자주 쓰이며 새로운 트렌드가 생겨났다. 그만큼 사회가 '개인화'되어가고 있다는 의미다. 사회학자 울리히 벡(Ulrich Beck)은 '개인화'를 "과거(전통)에 얽매이지 않고 이제는 자신의 삶에 대해 각각의 개인 스스로 판단하여 결정하는 부분이 많아진다는 것을 의미한다"라고 설명한다.

최근에는 직장뿐 아니라 크고 작은 모임이나 여러 조직에서도 개인화 경향이 심해지는 추세다. 이런 분위기에서 '공동체'라는 것은 어떤 의미를 지닐까? 시대 흐름을 거스르는 고리타분한 이야기일까? 개인의 다양성과 개성은 소중하다. 그걸 무시하자는 이야기는 아니다. 그럼에도 애써 '모난 사람들'과 어울려 살아가는 '공동체'를 이야기하는 데는 다음의 두 가지 이유가 있다.

첫째, 개인이 철저하게 혼자가 되어 살아가는 삶은 불가능에 가깝다. 둘째, 인간의 본성 자체가 타인과 소통하고 싶어하는 욕구를 갖고 있다.

먼저 철저히 혼자가 되어 살 수 없는 상황을 살펴보자.

한 사람이 태어나 자라면서 기본적인 초중고 교육만 받는다 쳐도 10년이 넘는 시간 동안 학교에서 공동체 생활을 한다. 직업을 갖고 직장인이 되어서도 마찬가지다. 큰 조직에 소속되든 개인사업체에서 일하든 간에 타인과 어울리며 살아갈 수밖에 없다.

그뿐인가? 결혼을 해서 자녀를 낳아 기르면 3~4인 이상의 가족공동체 생활을 경험한다. 결혼 생활은 양가의 가족 구성원을 포함해 더 많은 친인척 공동체에 속하게 되는 것이다.

나홀로족으로 사는 삶을 택한다 하더라도 오롯이 혼자일 순 없다. 친구들 3~5명만 모여도 공동체가 형성되고, 같은 취미생활을 위해 모인 동호회도 이미 공동체라 할 수 있으니 말이다.

아파트 같은 시설에 거주하면 원치 않아도 공동체 생활을 해야 한다. 크게는 아파트 내에서 따라야 하는 규칙이 있을 것이며, 작게는 같은 동이나 위층과 아래층 간에 지켜야 할 규율도 있다.

두 번째로 언급했던 '인간 본성'의 문제도 그렇다. 오늘날의 공동체는 품앗이나 두레를 하던 과거 농촌사회처럼 구성원이 서로를 속속들이 아는 친밀한 관계는 아니다. 그럼에도 여전히 어딘가에 소속되고 싶은 마음, 타인과 소통하고 싶은 근본적인 갈망이 있다.

현대인은 하루 종일 인터넷에 연결되어 있고, 어딜 가나 스마트폰을 손에서 놓지 않을 정도로 늘 온라인에 접속돼 있다.

이런 현대인에게 "인터넷의 주된 이용 목적이 무엇이냐?"는 질문을 던졌다. 당연히 '정보 검색'이 1위일 거라 예상했으나 결과는 전혀 달랐다.

미래창조과학부의 「2016 인터넷이용실태조사 요약보고서」에 따르면 '커뮤니케이션'이라는 답이 91.6퍼센트로 1위를 차지했다. '여가 활동(89.1퍼센트)'과 '자료 및 정보 획득(89.1퍼센트)'이 공동 2위로 집계됐다.

놀랍지 않은가. 정보통신기술의 발달로 인간은 시간과 장소에 구애받지 않고 서로 연결돼 있다. 하루 종일 스마트폰을 붙든 채 누군가와 연결되고 소통하기를 원한다. 형태는 달라졌지만 여전히 사람들은 누군가와 관계를 맺고, 공동체를 형성하고, 소통하고 싶어 하는 것이다.

그런데 온라인이든 오프라인이든 과거처럼 아주 친밀하든 느슨하든 '모'가 난 사람들이 모인 공동체는 평온할 수 없다. 서로의 모난 점이 부딪치며 갈등이 생기고, 갈등이 심해지면 공동체가 몸살을 앓는다. 공동체가 평화롭지 않으면 거기 속한 개인의 삶도 만족도가 떨어진다.

이처럼 공동체의 삶과 개인의 삶은 결코 분리되어 있지 않다. 우리는 모두 공동체의 조화로움을 위해 노력해야 할 필요가 있다. 첫째, 내가 행복하기 위해서고, 둘째, 남에게 피해주지 않기 위해서이며, 셋째, 공동체 속에서 모두가 행복한 삶을 만들어가기 위해서다.

갈등, 숨기는 것보다 드러내는 게 낫다

나 역시 '모'가 난 한 개인이었고, 그런 개인으로서 타인을 이해하기 위해 많은 노력이 필요했다. 소심하고 말주변도 없던 김진수라는 학생이 어느덧 강사가 되었다. 많은 사람을 만나면서 그만큼 다양한 '관계'를 맺으며 살아왔고, 그 과정에서 깨지고 성장하며 깊이 통찰한 것들이 있다. 그중 내가 공동체 생활을 하는 데 가장 큰 도움을 받은 것이 바로 '합창'이다.

지휘자라면 누구나 예술적 욕망을 갖고 있고, 나 역시 마찬가지다. 나는 그 욕망이라는 것을 채우기 위해 앞만 보고 달려왔다. 오직 음악만 생각하고 욕심을 부렸던 것이다. 내 음악적 욕심에 취해 단원들을 다그쳤고, 그것이 지휘자의 카리스마라고 생각했다.

게다가 합창단의 환경이나 시스템 등이 합창하기에 적합하지 못할 때, 다시 말해 나는 지휘에만 전념하고 싶은데 상황이 열악하여 다른 것들에 신경을 분산해야 했을 때, 너무나도 괴롭고 힘이 들었다.

이런 내 욕심에 버거워하는 단원들도 있었고, 힘들다고 불평하는 사람들도 있었다. 결국 그들과 대립하고 갈등했으며, 단원 간의 갈등으로 번져 파벌이 생기기도 했다.

나와 다툰 이들 중에는 '좋은 게 좋은 거다'라고 말하는 사람들도 있었다. 모든 상황을 극한으로 치닫게 하지 말고, 적당히 덮고 적당히 모른 척하며 가자는 의미였다. 하지만 그럴수록 내 마음의 분노는 더 커져갔고 급기야 감정이 폭발하고 말았다.

그런데 정말 좋은 게 좋은 걸까? 갈등은 무조건 나쁜 걸까? 오랜 경험을 통해 꼭 그런 것만은 아님을 깨달았다. 소통의 첫 단계는 상대방과의 차이를 인정하는 것이다. 상대가 틀렸다(wrong)고 여기지 않고, 나와 다르다(different)고 여기는 게 소통의 기본 전제다.

이 진리를 합창에서 배웠다. 중요한 건 모두가 같아야 하는 게 아니라 서로 다름을 인정하고 조화를 이루는 것이다. 한데 나부터 그걸 못 하고 있었다.

다시 말하지만 무조건 덮어두는 것보다는 갈등을 통해 상대의 솔직한 마음을 알게 되는 게 좋다. 문제를 모르면 해결책조차 찾을 수 없지만, 속마음을 알고 나면 이해하든 화해하든 해결책을 찾을 수 있기 때문이다. 나도 '카리스마'라는 이름 아래 숨겨왔던 진심을 토로했다. 내가 마음을 열자 단원들도 내 입장을 이해해주면서 서로의 상황과 마음을 공감해주었고, 비로소 소통이 시작되었다.

내가 지휘하는 팀이 아마추어 단체긴 하지만 단원들 중엔 작곡, 피아노 등 음악을 전공한 이들이 더러 있다. 한때는 그런 단원들 앞에 설 때 나도 모르게 그들을 의식하며 긴장을 많이 한 적이 있었다. 특히 음악을 늦게 시작하고 지휘도 늦게 공부했던 터라 더욱 신경이 쓰였다.

그래서 속으로 혼자 끙끙대거나 괜한 걱정을 하기보다 솔직하게 말하는 쪽을 택했다. "지휘자는 항상 고민하고 고민해도 부족함을 느낀다. 단순한 곡은 표현하는 것이 어렵고, 어려운 곡은 그 자체가 어렵다"라고. 허심탄회하게 솔직한 심정을 털어놓자 마음이 한결 가벼워졌다.

합창이란 '두 사람 이상이 함께 부르는 가창의 형태'를 뜻하는 말이다. 나는 합창(合唱)을 뜻하는 한자어가 무척 마음에 든다. 합할 합(合), 부를 창(唱). 이 한자어는 서로 합하여, 함께 모아, 함께 맞추어서 노래를 부른다는 뜻이다. 공동체(共同體)를 이해하는 데 '합하여 노래한다'는 개념이 참 잘 어울린다.

상대가 나와 다름을 인정하는 데서 시작하자. 상대를 설득하고 상대가 달라지기를 바라기 전에, 먼저 나를 변화시키는 것은 어떨까. 그 작은 실천에서 진정한 소통의 첫걸음이 시작될 것이다. 그리고 그런 이들이 많은 공동체는 아름다운 화음을 낼 것이 분명하다.

누구나 온전히 혼자일 수 없다.
언제나 함께일 수도 없다.
그래서 손과 손을 맞잡는
이 순간이 귀하다.

개성을 살리고
조화를 이루는 황금비율

우리는 형제처럼 함께 살아가는 법을 배워야 한다.
그렇지 않으면 바보처럼 함께 공멸하고 말 것이다.
_마틴 루터 킹 주니어

'하르모니아'는 미의 여신 아프로디테와 전쟁의 신 아레스 사이에서 태어났다. '하모니'는 '조화'를 뜻하는 그리스어 하르모니아에서 유래한 말로, 여러 개의 음이 서로 어울려 화합하는 상태의 '화성'을 뜻한다. 하모니는 장르와 관계없이 모든 예술 분야에서 아름다움을 창조하는 기본 전제다. 예술뿐인가. 우리 삶에서도 의미 있는 아름다운 단어다.

아름다운 화음은
조화와 균형에서 나온다

하나의 소리가 튀면 화성이 무너지듯, 나 하나 돋보이고자 돌출적인 행동을 하면 결국 공동체 전체의 조화를 해친다. 개인의 경우에도 마찬가지다. 생각이나 감정이 한쪽에 극단적으로 치우친 이들은 균형을 잃는다. 그러면 자신도 행복하지 못하고 대인관계도 원활할 수 없으며, 결국 나와 공동체를 해치는 결과로 돌아온다. 그래서 조화와 균형은 중요하다.

그렇다면 합창과 마찬가지로 우리 삶에서도 중요한 조화와 균형에 대해 좀 더 살펴보도록 하자.

합창이란 여러 사람, 혹은 여러 파트가 함께 노래 부르는 것이다. 넓게는 여러 사람이 하나의 성부에 소리를 맞추어 부르는 제창(齊唱)부터 좁게는 다성악곡(多聲樂曲)의 각 성부를 한 사람 이상씩 맡아서 부르는 중창(重唱)까지 포함한다. 결과적으로 여러 목소리를 하나의 아름다운 선율로 다듬는 것을 합창이라고 한다. 이때 '조화(blending)'가 무척 중요하다.

하지만 사람들 각자의 목소리는 모두 다르다. 어울리는 소리가 있는가 하면 어울리지 못하는 소리도 있다. 이 소리들이 아름답게 어우러지려면 서로의 호흡과 템포를 맞추기 위한 노력이 필요하다. 한마음으로 합심하여 '협동'하는 것, 이것이 조화로운 화음을 내는 바탕이다.

아무리 미색을 갖춘 목소리라 해도 전체적인 조화를 무너뜨리면 잡음에 지나지 않는다. 내 소리가 튀어 남의 소리를 해치지 않도록 나를 낮추고 다듬어야 한다. 자신의 '모'를 다듬고 둥글게 깎는 작업은 함께 노래하는 이들을 위한 '배려'이기도 하다.

그다음으로 합창에서는 '균형'이 중요하다. 제창자에 따라 보통 어린이합창, 여성합창, 남성합창, 혼성합창으로 구분한다. 이 중에서 혼성합창이 가장 흔하며, 혼성합창은 소프라노, 알토, 테너, 베이스의 네 파트 구성이 가장 기본이 된다. 자기 파트 안에서 '조화'를 생각하는 동시에 다른 파트와는 '균형'을 맞추어야 완벽한 하모니를 만들 수 있다.

소프라노와 베이스는 외성, 알토와 테너는 내성이라 한다. 주로 소프라노가 주요 멜로디를 노래하고 베이스가 이를 뒷받침하는 화성의 기본음들을 불러준다면, 알토와 테너는 소프라노의 멜로디가 더욱 돋보일 수 있도록 화려하게 장식해주는 역할을 한다. 건물에 비유하면 소프라노와 베이스가 골격, 뼈대와 같은 역할을 하고, 알토와 테너는 인테리어의 역할을 한다고 생각하면 이해하기 쉽다.

그래서 소프라노와 베이스는 음정이 비교적 쉽고 단순하다. 기본이 되는 소리를 내주고, 알토와 테너는 섬세하고 테크니컬하게 움직여서 화성을 채워주는 역할을 한다. 골격만 잘 지었다거나 인테리어만 아름답다고 해서 좋은 건물이 아니듯 합창도 마찬가지다. 안과 밖이 조화로워야 하며 기본이 튼튼하되 아름답기도 해야 한다.

직장인 아마추어 합창단에서 지휘를 하다 보면, 단원 중에는 종종 음악적 균형감을 잘 유지하지 못해 다른 파트 옆에서 노래를 부르다가 자기도 모르게 옆 사람 음정을 따라가는 경우가 있다. 이처럼 끌려 다녀서는 좋은 소리를 얻을 수 없다. 마치 줄다리기하듯 내 음정을 잡고 놓아주지 않는 팽팽한 긴장감, 균형 상태가 필요하다.

합창은 한쪽으로 치우치지 않는 중도의 가치가 최고의 선이다. 하지만 중도를 지키라고 해서 무엇이든 동일하게 5대 5로 맞추라는 의미는 아니다. 때로는 경쟁적으로 서로 목소리를 크게 내 개성을 최대치로 발휘해야 할 때가 있다. 시기에 따라서 더 중요한 파트가 있을 것이고, 그럴 때마다 그 파트에 관심을 가져주거나 역량을 모아 힘을 실어줘야 할 때가 있다.

노래를 서로 주고받는 형식의 합창, 돌림노래 식의 합창, 솔로가 질문을 하면 합창단이 대답을 해주는 형식의 합창, 선율보다 높게 부르는 데스캔트(descant) 형식의 합창 등 다양한 형식의 합창이 있다. 이에 맞춰 소리를 내는 방식도, 힘을 주고 빼는 리듬도 달라져야 한다.

합창은 소리를 발산하는 것만은 아니다. 형식에 따라 내 소리를 더 내야 할 때도 있고, 어느 때는 들리지 않을 정도로 내 소리를 줄여줘야 하는 경우가 있다. 조화만 중요시해서는 이도 저도 아닌 밋밋한 소리로 끝나고 만다. 내 파트가 메인 요리라면 풍부하고 확실한 맛을 표현해야 한다. 다른 파트가 메인 요리라면 내 파트는 확실하게 사이드 요리의 역할을 해줄 때 전체적인 균형감이 유지되며 맛있는 소리가 될 수 있다.

우리네 삶도 이와 다르지 않다. 자기 개성만을 중요시하며 '모'를 내세우면 공동체의 일원으로서 원만하게 생활할 수 없다. 이러한 과정을 '사회화'라고 하는데, 이 사회화 과정에서 합창이 가지는 의미는 결코 적지 않다.

합창에서처럼 다른 사람과 함께 발을 맞추어가면서도 자기 정체성을 잃지 않는 것이 필요하다. 협동과 배려의 원리를 지키면서도 상황에 맞게 자신을 높이거나 낮출 줄 아는 유연함을 지녀야 한다는 뜻이다. 이처럼 합창과 조직의 운영논리는 크게 다르지 않다.

목사이자 인권운동가인 마틴 루터 킹 주니어는 "우리는 형제처럼 함께 살아가는 법을 배워야 한다. 그렇지 않으면 바보처럼 함께 공멸하고 말 것이다"라고 말했다. 인종차별로 인한 폭력과 분노의 투쟁 앞에서도 보복을 통한 공멸이 아니라, 이해와 용서를 통한 공존을 강조한 그의 통찰은 우리에게 커다란 교훈을 준다.

우리는 완벽해지기 위해 존재하는 것이 아니라, 균형을 통해서 조화로워지기 위해 존재한다. 나만 잘살고자 하는 이기심이 아니라 함께 잘살고자 하는 마음, 공존과 공생을 통한 미래를 꿈꾼다. 밝은 태양은 어둠을 통해서 의미를 얻고, 어둠이 있기에 태양의 존재는 더욱 소중하다. 하늘을 나는 새조차도 두 개의 날개가 균형을 이뤄야 추락하지 않고 창공을 날 수 있는 법이다.

흥이 나면 우리는
화음이 된다

음악은 야만인의 가슴을 쓰다듬고,
돌을 무르게 하며,
옹이진 나무를 휘게 하는 매력을 지녔다.
_윌리엄 콩그리브

한번은 모 건설회사의 임원 13명을 대상으로 하는 합창 교육이 있었다. 보통 대형 강연보다 더 어려운 것이 소수의 사람들을 모아둔 강연이다. 교육생들의 표정과 반응이 즉각적으로 다가오기 때문이다. 그런데 이날은 시작부터 안 좋은 분위기가 형성되었다. 강연장에 도착해 악기 세팅을 하던 중 이런 말이 들려왔다.

"아우, 나 학교 다닐 때 음악 시간이 제일 싫었는데⋯ 이 교육 대체 누가 기획한 거야?

순간 내 몸이 뻣뻣해졌다. 그 임원의 목소리에 짜증이 묻어 있었기에 유머로 넘길 수도 없는 상황이었다. 이런 말을 듣고도 아무렇지 않기란 쉬운 일이 아니다. 그 말을 들은 다른 임원들도 어느새 동조하는 분위기였고 순식간에 강연장 분위기가 부정적으로 바뀌었다. 반주자가 나를 불러 나가보니 표정이 울상이었다.

"강사님, 저분들 반응이 너무 안 좋은데, 오늘 어떻게 하죠?"

나도 내심 걱정이 되었다. 소수 인원의 강연인데 시작하기도 전에 부정적 반응을 보이니 기운도 빠지고, 어떻게 대처해야 할지 고민스러웠다. 그래도 함께 간 팀원에게는 힘을 불어넣어주어야겠다고 생각했다.

"우리는 음악 하는 사람들이잖아요. 준비한 강연에 집중해봅시다. 합창이 얼마나 즐거운 일인지 느낄 수 있도록 해주자고요."

사실 그 말은 나 스스로에게 하는 것이기도 했다. 그날 강연에서 나는 정공법으로 나갔다. 솔직한 이야기를 꺼낸 것이다.

"강의를 하다 보면 음악을 별로 좋아하지 않는 분들도 만나게 됩니다. 저도 골프나 컴퓨터 게임 쪽은 관심이 없고 잘 못하거든요. 그러다 보니 딱히 배우고 싶지도 않더군요. 하지만 오늘 제 강의는 좀 다를 거예요. '음악과 합창을 좋아하는 사람들이 느낀 기분이 이런 거였구나' 하고 느끼실 수 있도록 해볼게요. 신선한 경험을 선물해드릴 수 있으면 좋겠습니다."

너무 강하게 리드하거나 그렇다고 주눅 들지도 않았다. 누군가 자신들을 강제로 변화시키려 하면 거부감이 들 것이 분명했다. 그래서 힘을 빼고 가볍게 유도하는 이야기로 강의를 시작했다.

"음악을 하는 사람들은 세상을 볼 때 종종 음악하며 배운 방식으로 이해를 합니다. 저에게는 합창이 그랬죠. 사실 저는 친구관계가 아주 좋은 편은 아니었어요. 그런데 사회에 나와 보니 인간관계 기술이 정말로 중요하더군요. 놀랍게도 '합창'이라는 걸 통해서 인간관계 기술을 완성해갔습니다."

그때 임원 한 명이 "그 기술이 무엇이었나요?"라고 질문했다. 드디어 강의를 듣는 쪽에서 호기심을 보이기 시작한 것이다. '아, 희망이 있구나!' 하며 용기가 생겼다. 궁금한 것이 생겼다는 것은 아주 좋은 신호였다. 그래서 나머지 한 시간 동안 합창이 공동체 생활을 이해하는 데 얼마나 도움이 되고 또 합창이 얼마나 매력적인 것인지를 설명했다.

"합창을 하려면 먼저 내 목소리를 들려줘야 하죠. 내 목소리를 들려준다는 건 결코 쉽지 않은 일이에요. 어느 정도 위치에 있는 사람들은 자신의 부족한 점을 숨기려고 하지 내놓지 못하거든요. 내 소리가 너무 튀면 어쩌지? 나는 음치인데, 나 때문에 화음이 깨지면? 이런 식으로 혹시 자신 때문에 하모니가 깨질까봐 두려워하는 거죠. 그래서 처음엔 다들 소리를 소극적으로 내며 주변을 살피곤 하죠."

내 경험을 토대로 이야기를 풀어가니 임원들이 어느새 몰입하기 시작했다.

사실 합창은 몇 명에게 의존해서 소리를 만드는 것이 아니다. 모두가 소리를 내는 가운데 그 소리를 조화롭게 만드는 것이기에 더욱 매력적이다. 실력이 부족하면 잘하는 사람에게 도움을 받고 잘하면 주변 사람들을 리드하며 도움을 줘야 한다. 부족함을 인정하고 도움을 받는 사람은 성과가 좋을 수밖에 없다. 주변에서 부족함을 채워주는 사람이 있으니 말이다.

개인과 공동체의 행복은
따로 있지 않다

　　　　　공동체 생활도 합창과 다르지 않다. 상대방에 대한 이해와 격려, 배려, 그리고 솔직한 표현은 그 단체의 분위기를 윤택하게 하는 데 상당한 도움을 준다. 그리고 그 조화와 균형이 딱 맞아 떨어졌을 때 서로가 느껴지는 공감의 전율! 강연장 분위기는 한결 좋아졌다.

　그러고 나서 함께 부른 곡은 '아빠의 청춘'. 50대 중년 남성들에게 공감 되고 후렴구는 기운도 불어넣어주는 가사라서 반응이 좋은 곡이다. 악보를 나눠주고 한 소절씩 불러보는데 처음에는 다들 개미만 한 목소리로 따라 불렀다. 그러다가 막상 키보드 반주가 시작되니 분위기에 흥이 올랐다. 음악의 선율과 박자가 형성하는 리듬감이 사람의 마음을 열어준 것이다. 그러다 후렴구쯤에서 재밌는 일이 벌어졌다.

　♪ 원.더.풀~ 원.더.풀~ 아.빠.의 청╱춘╲ ~♬

　브라보~ (브라보!) 브라보~ (브라보!)

　아빠의 인생

코러스에서 한 명이 갑자기 큰 소리로 "브라보~!"라고 외치는 것이 아닌가. 주먹을 불끈 쥔 팔을 위로 올리며 말이다. 엄숙한 표정이던 임원들이 깔깔 웃었다. 누가 이렇게 열정적으로 부르는가 하고 돌아보니 아까의 임원이었다. 맨 처음에 짜증 섞인 목소리로 "이 강의 누가 기획한 거야?"라고 불만을 터뜨렸던 그 사람 말이다. 강연이 끝나고 그가 나를 찾아왔다.

"강사님, 아까는 무례한 농담을 해서 죄송해요. 저는 학교 음악시간처럼 지루할 줄 알았거든요. 음악을 통해 세상사는 법도 돌아보고, 신나는 노래도 부르니 스트레스 해소가 되네요. 하하!"

"브라보! 저도 선생님 말씀을 들으니 힘이 납니다." 아까 했던 노래의 후렴구를 따라 하며 유머러스하게 응대했다. 내가 합창 강연을 좋아하는 이유가 바로 이것이다. 사람들이 노래를 부르며 마음이 열리고 작은 변화를 경험하기 때문이다.

한국 합창음악의 거장 윤학원 교수님은 개인주의의 성향이 강해지는 걸 걱정하며, 다른 사람과 마음을 합쳐서 무엇을 해낸다는 점에서 합창이 중요하다고 말했다. 무언가를 함께하는 데서 새로운 행복감을 느끼는 것 같다며 이런 이야기를 들려주셨다.

"제일 중요한 게 다른 사람을 인정한다는 것이죠. 합창할 때 자기만 해서는 안 되잖아요. 예를 들어 독창자가 있다면 그 독창자를 질투하거나 미워하는 게 아니고 독창자를 돋보이게 만들고 자기는 화음을 잘 만들어주는 거죠. 또 자기가 만일 독창을 맡거나 멜로디 파트를 했을 때에는 자기가 최선을 다해서 자기 것을 제대로 해내는 것. 그러니까 이런 것들이 하나의 민주주의 근본이라고 볼 수 있죠."

공동체도 같은 맥락에서 이해할 수 있다. 리더 혼자서 강하게 주장하고 이야기하면 공동체는 수동적일 수밖에 없다. 독선과 아집이 지배하게 되고 구성원들은 점점 도태된다. 민주적인 조직과는 거리가 멀어지는 것이다. 그렇다고 모두가 자기 하고픈 말을 각자 다 하는 조직 역시 나아갈 방향을 잃는다. 이말 저말에 이리저리 휩쓸리다 배가 산으로 가는 것이다.

리더와 팀원들이 균형 잡힌 힘을 유지하는 것이 중요한 이유가 바로 여기에 있다. 모두의 소리가 존중받되 목적과 방향을 잃지 않는 것. '나'를 넘어 '우리'의 소중함에 공감하며 모두가 참여하는 문화가 자리 잡는 것은 중요하다. 그렇게 되면 구성원 모두가 주인의식을 갖고 신이 나서 움직이지 않을까. 누가 시키지 않아도 흥에 겨워 저절로 화음을 맞추는 것처럼.

지휘를 한다는 것은

나에게 더없는 기쁨이고 은총이다.

마을회관을 적신
눈물의 합창

음악은 인간의 마음속에 존재하는
위대한 가능성을 인간에게 보이는 것이라고 한다.
_랩프 월도 에머슨

합창은 일방적인 주입식 교육이 아니라 직접 참여할 수 있는 교육이라 좋다고 했다. 이렇게 음악을 체험하면서 배우는 건 음악교육의 최근 트렌드이기도 하다.

1990년대까지만 해도 음악철학가 베넷 리머(Bennett Reimer)의 이론을 따라 주로 '심미주의 교육론'이 우세했다. 음악을 심미적인 대상이나 객체로 보고, 최대한 그 음악을 느낄 수 있도록 해주면 내면세계가 변화하고 성장한다고 보는 견해다. 이들에게는 음악을 잘 이해할 수 있도록 도와주고 접하게 하는 것이 무엇보다 중요하다.

하지만 1990년대 이후 등장한 데이비드 엘리엇(David Elliott)의 이론은 이를 비판하며 '경험'이 중요함을 주장했다. 사람들이 음악에 관한 어떤 '행위'를 함으로써 음악을 효과적으로 배울 수 있다는 입장이다.

그래서 이들은 단순 명사인 음악(music)이 아니라 음악하기(musicing)라는 표현이 더 적절하다고 본다. 음악 교육에 있어서 결과보다도 '참여하는 과정'이 중요하다는 관점이다.

나 역시 이런 입장에 동의한다. 그래서 항상 '참여형 강연'을 진행해왔다. 참여형 강연은 재미도 있고, 학습 효과나 만족도도 훨씬 크다.

강의 초반부에는 이해를 돕기 위해 간단한 설명으로 사람들의 마음을 열고, 후반부에는 수강생이 모두 합창에 참여함으로써 몸의 변화까지 체험하는 방식으로 강의를 진행한다. 이 과정에서 사람들의 표정이 변하고 마음이 열리며 즐거워하는 걸 오래 지켜봐왔다. 누가 강요하지 않아도 음악의 즐거움에 절로 빠져 행복을 나누는 것이다.

아이들, 음악을 통해
꿈과 희망을 만나다

　　　　　이런 변화는 나이가 어린 아이들에게서 더욱 극명하게 드러난다. 아이들의 합창을 떠올릴 때면 늘 생각나는 일화가 있다. 2009년에 만난 낙동초등학교 아이들과 함께했던 때의 일이다. 이 아이들과는 KBS 특집 다큐멘터리〈천상의 수업〉제작에 도움을 줄 수 없겠느냐는 제안을 수락하면서 인연을 맺었다.

　설명을 들어보니 세계적인 비올리니스트 용재 오닐이 충남 보령 천북면의 낙동초등학교 학생들에게 음악을 가르쳐주는 프로그램이었다. 영어를 주 언어로 사용하는 용재 오닐을 대신해 아이들이 불러야 할 노래를 선곡해 하나하나 알려주고, 화음을 만들어가도록 돕는 음악감독 역할이 필요했던 것이다.

　시골의 작은 학교를 살리고, 문화 혜택을 전혀 받지 못하는 아이들에게 세계적인 음악가를 만나게 한다는 기획 의도가 좋았다. 하지만 출연료도 없었고 내가 메인으로 출연하는 프로그램이 아니었기에 망설여졌다. 강의도 많고 바쁜 와중에 두 달 정도를 충남 보령까지 왔다 갔다 해야 하는 상황이라 버겁기도 했다.

아내와 의견을 나눠보기로 했다. 아내는 피아노 반주자이고 아이들 교육에도 경험이 있는 터라 내 이야기를 진지하게 고민해주었다.

"몸은 좀 힘들겠지만 해보는 게 어때?"

"하지만 오가는 시간도 그렇고, 여러모로 고민이 좀 되네."

"감수성 풍부한 아동기에 음악만큼 필요한 게 또 있을까? 음악은 선물이잖아. 당신이 아이들에게 그 선물을 하면 기쁘지 않겠어?"

'음악은 선물이잖아?'라는 아내의 말이 내 마음을 붙잡았다. 나도 20대에 처음 성악을 접하면서 마음의 위로를 얻었다. 모난 마음을 치료할 수 있는 계기도 음악이 선물해준 것이다. 그래서 작은 확신이 생겼다. 결국 나는 PD의 제안을 아주 흔쾌한 마음으로 수락하고 그 프로그램에 동참했다.

그리고 함께할 도움의 손길을 모았다. 혼자서 이 프로그램에 나올 모든 음악의 기획을 담당하기 어려울 것 같아 후배 이지은에게 연락했다. 지은은 당시 충남 보령과 가까운 홍성군에서 소년소녀합창단을 지휘하고 있었다. 그녀는 내 후배이면서 동시에 내가 지휘를 가르쳐준 제자이기도 했던 터라 제일 먼저 도움을 청했다. 마음씨 착한 친구라 선뜻 도와주겠다고 나섰다.

맨 처음 충남으로 내려가 아이들을 만났던 날이 생각난다. 그날 본 아이들의 표정을 잊을 수 없다. 웃음기 없이 무표정한 얼굴로 처음 찾아온 우리들을 빤히 쳐다보고 있었다. 낙동초등학교가 곧 폐교가 될지도 모른다는 소식이 전해져 너욱 침통했던 상황이었다. 보통 초등학교를 운영하려면 전교생의 수가 50명 이상은 되어야 하는데 학생 수가 줄어들면서 통폐합 위기에 놓여 있었다. 상황이 그렇다 보니 학생들뿐 아니라 마을 어른들도 고민이 컸다.

그동안 문화적 혜택을 누릴 기회가 없던 아이들, 지금껏 합창을 정식으로 해보지 않은 아이들과 함께 한 시간짜리 합창 공연을 준비한다는 것은 우리 모두에게 큰 도전이었다. 첫 시작은 발성 연습. 함께 뛰어보며 발성도 하고, 자신의 감정을 표현할 수 있도록 몸으로 게임을 하며 공동체 훈련도 했다.

두 달이나 지속되는 장기 프로젝트였던 탓에, 본업을 병행하며 장거리 이동을 하고 또 아이들을 가르치는 일이 쉽지는 않았다. 그러나 나를 버티게 해준 것은 만날 때마다 조금씩 밝아지는 아이들의 표정이었다. 아이들은 진심으로 다가가 신뢰를 형성하면 이내 마음으로 반겨주었다. 아이들의 순수하고 맑은 마음이 어찌나 예쁜지 아이들과 함께하며 내 마음이 정화되는 기분이었다. 그런 만큼 나는 자주 감동하고, 또 자주 반성했다.

'이 아이들에게 더 좋은 교육 환경을 만들어줄 수 있다면 좋으련만…….' 마음만 있을 뿐 현실적인 도움을 주지 못하는 것에 대한 안타까움, 아이들에게 더 좋은 교육 환경을 만들어주지 못한 것에 대한 어른으로서의 반성이었다.

그렇게 여러 곡을 연습하고 각각의 화음을 맞추고, 힘들어하는 아이들을 따로 케어해가며 합창 공연을 준비했다. 목소리가 아름답고 높은 음역까지 올라가던 4학년 종민이는 용재 오닐에 의해 솔리스트로 발탁됐다. 들판에서, 집에서, 산에서 어디에서건 연습을 게을리 하지 않았다.

자기 세계를 표현하려는 그 노력에 모두가 감동을 받았고, 이를 기점으로 아이들의 표현력은 조금 더 자유로워지기 시작했다. 아이들의 순수한 마음과 예술가들의 따뜻한 가슴이 만나면서, 희망을 노래하고 꿈을 키울 수 있는 환경이 갖추어지게 된 것이다.

오랜 준비 끝에 드디어 마을 문화회관에서 연주회가 열렸다. 작은 마을인데도 불구하고, 공연장 객석이 대부분 차 있을 정도로 사람들이 많이 참석했다. 특히 아이들의 부모님과 조부모님께서 연주회에 참석해 아이들의 공연을 관심 있게 봐 주셨다.

공연이 끝나고 연주회에 참여했던 친구들과 우리들은 모두 눈물을 흘렸다. 함께 이루어냈다는 기쁨의 눈물이자 서로가 마음을 모아 공연을 마쳤다는 고마움의 눈물이었다. 그렇게 아이들은 자신을 표현하는 법, 친구와 함께 소리를 만들어가는 법을 배워가고 있었다.

방송이 나가고 시청자들의 반응도 매우 좋았다. 다음 해에는 이 프로그램이 '제14회 YWCA가 뽑은 좋은 TV 프로그램' 평화 부문에 수상작으로 뽑혀 재방영되기도 했다. 본래 낙동초등학교는 2010년 통폐합 대상이었는데, 방송을 통해 관심을 모은 데다 어른들이 나선 덕분에 아직까지 학교가 유지되고 있다.

더 놀라운 것은 방송 이후 아이들의 변화다. 낙동초등학교 아이들은 합창의 즐거움을 알게 되어 이후에도 계속 합창단 활동을 하길 원했다. 그래서 이지은 선생이 일주일에 한 번씩 합창 수업을 하러 멀리 낙동초등학교를 오간다. 합창은 낙동초등학교 역사의 일부가 된 것이다. 그리고 낙동초등학교 합창단은 지금까지도 입학식이나 졸업식 등의 행사에서 합창 공연을 이어가고 있다.

음악은 삶에
생기를 불어넣는다

이것이 바로 교육의 힘이고, 내가 어린이 합창단에 마음을 쏟는 이유 중 하나다. 유명한 음악가를 길러내고 1등 수상의 영예를 안는 것이 음악 교육의 진정한 목표는 아니다. 음악은 모래알처럼 흩어진 사람들을 모아 화합시키고, 서로 호흡과 템포를 맞추며 감정을 표현하는 기회를 만든다. 그 과정에는 놀라운 '치유의 힘'이 있다. 아내의 말처럼 그 일은 좋은 선물이 되었다.

바이올린을 즐겼던 아인슈타인은 "음악은 내가 어려운 문제를 만날 때마다 버틸 수 있도록 해주었다"고 말했다. 이는 여러 가지 의미로 해석될 수 있을 것이다. 노래나 연주곡을 제대로 소화하기 위해서는 치열한 연습과 집중력이 필요하다. 그런 자기와의 싸움을 통해 인내심, 성취감, 무한한 창의력을 길렀다는 말일 수도 있다. 또 어렵고 힘겨운 상황에 부닥칠 때마다 음악으로 마음의 치유를 얻었다는 의미일 수도 있다.

공동체 예술이라 할 수 있는 합창은 예술교육과 음악교육이 주는 여러 장점 외에도 많은 것들을 터득하게 해준다. 다른 이들과 호흡을 맞추면서 함께 살아가는 사람에 대한 배려, 이해, 경청의 지혜 등. 아이를 둔 부모라면 예술교육, 특히 음악교육을 이런 측면에서 바라보길 바란다. 예술은 정답이 없으므로, 그것을 어떻게 향유하고 활용하며 거기서 무엇을 얻느냐 하는 것은 각자의 몫일 터다. 그러니 스스로 답을 찾을 기회를 줘보는 것은 어떨까.

합창교육의 효과에 대해서는 윤학원 교수님도 강조한 바 있다.

'좋은 합창운동이 지속되지 못하고 입시에 밀린 것은 안타까운 일입니다. 요즈음 초등학교에서 합창하려면 점심시간을 조금 할애받아서 너무 힘겹게 하고 있어요. 학부형들이 공부해야 한다고 못하게 하니 학교장들도 어쩔 수 없다며 무관심해버리는 것이죠. 그러니까 학교에서 왕따, 폭력문제가 발생할 수밖에 없다고 봐요. 실제 합창을 하면 남의 소리를 들어야 합니다. 조화를 배워요. 절제와 소통하는 법을 배우면서 거친 정서가 순화됩니다. 요즈음 아이들 친구가 없어요. 컴퓨터 게임 말고는. 이거 교육부에서 부활시켜야 합니다. 어떤 방법으로든 학부모를 설득해야 합니다.'

여러 교육적인 효과들을 차치하고, 음악이 주는 즐거움과 기쁨을 세상 무엇과 바꿀 수 있겠는가. 음악은 그 어떤 언어보다 강력한 소통의 도구이며, 그 어떤 것보다 즐거운 놀이이며, 그 어떤 약보다 강한 치유제다.

결코 혼자 할 수 없어서
합창이다

다른 예술은 우리를 설득하지만,
음악은 우리를 놀라게 한다.
_플라톤

"경영의 즐거움 중 빼놓을 수 없는 것이 약한 자들이 합해 강자를 이기고, 평범한 사람들이 합해 비범한 결과를 내는 것입니다. 그것을 가능케 하는 것이 바로 팀워크입니다. 팀워크는 공통된 비전을 향해 함께 일하는 능력이며 평범한 사람들이 비범한 결과를 이루도록 만드는 에너지원입니다."

강철왕 앤드루 카네기의 말이다.

여러 구성원이 모여 기업이라는 공동체를 이끌어가는 데 있어 팀워크만큼 중요한 것은 없다. 오래 장수하는 기업, 존경받는 기업일수록 조직의 비전과 구성원들의 비전을 조율하고,

그것을 이루기 위한 단단한 팀워크를 발휘한다.

목표와 본질을
혼동하지 말아야 하는 이유

합창 역시 다르지 않다. 나는 합창의 최종 목적지가 '공감으로 이루어낸 조화의 예술'이라고 생각한다. 하지만 가끔 그러한 목적을 잃어버린 합창을 만나기도 한다. 단기적인 목표와 그것의 성취를 위해 합창이라는 본질이 흔들리는 경우다. 합창은 혼자가 아닌 여럿이 함께하는 공동체적 활동이다. 제대로 표현하기 위해서 단원끼리는 물론 지휘자와 단원 전체, 그리고 관객까지 모두가 교감과 소통을 통해 공감해야 한다.

그런데 오로지 결과나 성취만을 생각하는 합창을 간혹 만나게 된다. 팀이 합창대회 우승이라는 목적을 향해서만 달려가는 경우다. 이럴 경우에는 대부분 공감과 소통의 기능이 약화된다. 오로지 '우승'이라는 결과 하나만을 중요시 여기기 때문에 마음은 경쟁심으로 가득 차고, 음악을 즐기지 못하게 된다.

그뿐인가. 실력이 떨어지거나 속도가 더딘 단원들에 대한 배려나 여유는 사라진다. 좋은 성과를 내야 하는데 그들이 방해가 된다는 생각에 이르면 어느새 그 팀은 분열의 위기에 처한다. 함께 합창을 하는 사람의 소중함도, 그들과 함께하는 시간의 의미도, 과정의 가치도 모두 무의미해지는 것이다.

이런 팀이 수상을 하게 되면 문제는 더욱 커진다. 실력이 입증되었다는 생각에 성취에 대한 갈망은 더욱 커지고 목표는 더 높아지기 때문이다. 말 그대로 1등주의, 성과주의에 사로잡히게 된다. 성과주의는 목표 달성에 방해가 되거나 도움이 되지 않는 요소들을 가차 없이 생략하거나 개선하게 되어 있다. 당연히 함께 합창하는 이들에 대한 배려나 팀워크는 사라지게 된다.

이렇게 성과주의에 사로잡힌 팀이 대회에서 수상하지 못하면 또 다른 문제가 생긴다. 그동안의 연습 과정을 '허무하다'고 생각하게 되어버리는 것이다. 합창의 본질도, 예술을 즐기는 이들이 가져야 할 마음의 여유도, 함께하는 이들과의 화합도 사라진다. 음악을 즐기는 게 아니라 결과에만 집착하는 것의 폐해다. 본래의 목적을 잃었을 때 오는 혼란이다.

결국 중요한 건
사람이다

좋은 합창이란 아무 생각 없이 지휘자를 따라가기만 한다고 이루어지지 않는다. 수상 경력이 많은 팀이라고 해서 좋은 합창을 한다고 볼 수도 없다. 핵심은 합창에 참여한 이들이 서로 교감하고, 그 안에서 진정한 행복과 기쁨을 느끼느냐다. 다른 이들의 마음에 감동을 주는 하모니를 이루려면 먼저 본인들 마음이 행복해야 하지 않을까?

목적과 수단이 뒤바뀌고 본질과 외연이 혼란스러운 건 합창뿐만이 아니다. 우리는 대부분 경쟁에 휩쓸려 무의식적인 목표를 세우고 맹목적으로 달려 나간다. 남들보다 빨리 승진하고 싶고, 더 넓은 아파트에 살고 싶으며, 내 자식이 옆집 자식보다 성적이 좋았으면 좋겠다. 이왕이면 돈이 많았으면 좋겠고, 명예가 따라오면 더욱 좋다. 회사가, 사회가, 우리가 속한 집단이 은연중 그러길 강요하며 경쟁심을 부추긴다.

하물며 그 어떤 일보다 타인의 소리를 경청하고, 호흡과 템포를 맞추며 하모니를 중시해야 할 합창에서까지 수상 경력이나 성과를 지향점으로 삼는다는 건 너무도 불행한 일 아닐까?

아름다움과 즐거움은 돈으로 환원하거나 순위를 매길 수 없으니 말이다. 사실 예술은 경쟁이 필요치 않은 상대적 가치다.

합창의 본질을 잊지 않았으면 좋겠다. 공감력의 향상은 공동체 생활에서 가장 기초적 틀을 마련하는 행위이다. 이는 '합창'이라는 과정을 통해 배울 수 있다. 가사에 감정을 이입해 읽어내고 내 안의 감정을 한껏 고양시킨 뒤, 이를 단원들과 공유하고, 한 목소리로 관객까지 감화시키는 것. 이 과정에서 배우고 터득한 '공감' 능력은 무엇과도 바꿀 수 없는 자산이 된다.

합창단원으로 또 지휘자로 오래 활동하며 느끼는 것은 단원 한 사람, 한 사람이 존중받고 즐거워해야 진정으로 아름다운 합창도 이뤄낼 수 있다는 점이다. 학교, 회사, 사회 등의 공동체도 마찬가지다. 사람보다 목표가 중요하고, 등급을 매겨 줄을 세우고, 수치로만 평가하는 조직에서 사람은 결코 행복할 수 없다. 정말 중요한 것은 사람이다. 그들이 만들어내는 하모니다.

음악을 통한 공감은

무엇과도 바꿀 수 없는 귀중한 경험이다.

하모니,
기적과 전율의 순간

아는 사람은 좋아하는 사람만 못하고
좋아하는 사람은 즐기는 사람만 못하다.
_공자

지휘자님, 오늘은 제발

조금이라도 연습을

더 길게 해주시면 안 될까요?

베누스토 합창단의 저녁 연습이 있던 날, 단원에게서 이런
문자를 받았다. 연습을 길게 해달라니 의아했다. 보통은 '오늘
은 연습을 조금만 일찍 끝내달라는 귀여운(?) 부탁'을 받기 때
문이다. 무슨 사연인지 물었다.

"제가 오늘 대전에 출장을 가게 돼서 아무리 빨리 가도 평

소보다는 늦게 도착할 거 같아요. 그런데 합창 연습이 너무 일찍 끝나면 아쉽고 속상할 거 같아서요.

"아, 그러시군요."

"하하, 사실 합창 활동이 제가 일주일을 버티는 힘이거든요. 회사일로 힘들 때도 합창 시간을 생각해요. 그럼 견딜 수 있죠."

쑥스러운 듯 대답하는 그의 말에 담긴 진심에 고마운 마음이 들었다. 비단 그 단원만 그런 게 아니었다. 베누스토 합창단원들은 대부분 이곳에 올 때면 즐거운 에너지를 마구 뿜어냈다. 그게 지휘자에게도 느껴져 나를 '에너자이저'로 만들어주었다. 서로가 서로에게 힘을 불어넣어주는 관계라고나 할까.

베누스토 합창단이 만든 기적

우리가 일상에서 '아마추어'라는 말을 쓸 때는 보통 프로페셔널하지 않은 비전문가를 지칭할 때이다. 그런데 이 아마추어라는 말의 어원을 찾아보면 느낌이 조금 다르다. 아마추어(amateur)의 어원이 라틴어 아모르(amor)에서 왔으며 '애인'이라는 뜻을 지닌다. 즉 어떤 분야에 빠져 사랑하고 좋아하는 것을 말한다. 책임의 무게를 진 업의 일환으로 하는 게 아니라 충분히 즐기고 향유한다는 의미다.

내가 지휘를 했던 베누스토 합창단이 그 대표적인 예다. 이들은 직장인 아마추어 합창단인데, 실력이 프로 못지않게 우수하다. 그들의 열정과 자세가 아마추어가 아닌 프로 이상임을 느끼는 순간들이 있다. 순수한 열정과 맞닥뜨리게 될 때면, 나처럼 음악을 업으로 하는 사람은 신선한 자극을 받는다.

이들은 아마추어 합창단이기에 각자 자기 생업이 따로 있지만, 야근과 출장으로 하루하루 바쁜 상황에서도 매주 연습에 빠지지 않으려 애를 쓴다. 그뿐인가. 누가 시키지 않아도 스스로 연습하며, 심지어 월 회비를 내며 자비로 연습한다. 정말 좋아하지 않으면 못할 일이다.

이렇게 열정이 넘치다 보니 발표회의 성과도 늘 좋았다. 내가 지휘를 할 때 이 베누스토 합창단은 처음으로 단독 정기연주회를 개최했다. 그런데 아마추어 합창단에서는 보기 드문 일이 일어났다.

첫 회 공연에 750석 규모의 연주 홀이 모두 매진된 것이다. 이듬해 2회 정기연주회에서는 공연 30분 전에 모든 객석이 매진되고, 자리가 모자라 중간 계단에서 공연을 관람한 사람들도 있었다. 그리고 로비에서 기다리다가 결국 입장하지 못하고 돌아간 사람이 50여 명가량이었다고 한다.

다들 기적이라고 했다. 처음으로 개최하는 단독 공연에서 객석을 가득 매운 것은 물론, 티켓이 매진되어 관객이 돌아가는 건 결코 흔한 일이 아니다. 그만큼 공연의 수준이 높다는 것이고, 그렇기 때문에 사람들이 듣고 싶어 한다는 의미이다.

이런 결과가 있기까지 우리는 합창을 통해 우리가 갖고 있는 '모'를 다스리기 위하여 많은 노력을 했다. 우리 모두는 자신의 부족한 부분을 인지하고 이를 개선하기 위해 노력했다. 그리고 음악적 호흡과 템포를 배워가면서 서로 이해하고 소통하는 과정을 거쳤다. 그 안에서 자신을 표현하는 연습, 다른 이들과 화음을 맞추는 연습, 내면의 감정을 표현하는 걸 배웠고, 그 과정에서 희열을 체험했다.

열정의 온도를 맞춰
하나가 되다

결국 단원들은 18곡을 모두 외우고 재미있는 안무를 만들며 자신을 표현할 수 있도록 돕고, 또한 타인이 표현하는 바를 이해하도록 도왔다.

열심히 하는 것도 좋지만, 무엇보다 무대에서 즐길 것을 요구했다. 무대에 서서 그 자체를 즐기는 우리 합창단원들의 표정 하나하나에 생기가 흘러 넘쳤다. 공연에 대한 압박감이 아닌, 공연을 즐기는 사람들의 여유가 배어 있었다.

우리는 소리의 화음만 맞춘 것이 아니라 마음속 열정의 온도를 맞추며 멋진 화음을 내었다. 아마도 그런 열정과 즐거움의 에너지가 관객들에게도 고스란히 전달된 모양이다. 무대를 사이에 두고 공연하는 단원들과 관객이 하나가 되어 그 시간을 오롯이 즐기고 만끽했다. 일상의 고됨도, 현실의 팍팍함도, 타인을 향한 미움도 잊어버리고 오로지 즐거움, 여유, 배려라는 감정으로만 가득 찼다.

오래 전 스승 중 한 분이 공자의 말씀을 들려주신 적이 있다.

지지자불여호지자, 호지자불여락지자.

(知之者不如好之者, 好之者不如樂之者.)

무엇인가를 아는 사람은 그것을 좋아하는 사람만 못하고, 좋아하는 사람은 즐기는 사람만 못하다는 이야기다. 나는 그 스승의 말씀을 이 합창단에서 제대로 깨달았다.

무슨 일이든 억지로 해야 할 때를 생각해보라. 회사에서 쓰기 싫은 보고서를 억지로 써야 할 때는? 평소 사이가 나쁜 동료와 업무상 협업을 해야 할 때는? 그럴 때 우리 마음은 짜증과 우울을 넘어 불행을 경험하기도 한다. 심지어는 몸이 아프다고 하는 사람도 있다.

하지만 좋아하는 영화를 본다거나, 사랑하는 사람과 있었던 시간을 생각해보자. 그 시간이 너무 빨리 지나가 오히려 아쉽고, 마음은 행복으로 가득 찬다. 세상 무엇이든 좋아서 하는 일, 그 일에 열정을 쏟고 거기서 몰아를 경험하며 행복을 느끼는 일은 정말 중요하다. 그건 남이 아니라 내 마음이 시켜서 하는 일이기 때문이며, 나를 살아 있게 하기 때문이다.

우리는 모두 내 인생의 지휘자

3년의 긴 여정이 끝나간다. 그동안 내 안의 '모'를 어떻게 대면하고 받아들여야 할지 고민이 많았다. 합창을 통해 배운 '호흡-템포-표현'을 통해 나를 이해하고, 내 안의 상처들과 모난 부분들을 보듬게 되었던 순간들이 있었다.

한동안 삶이 너무 고단했다. 남들은 성공했다고 하지만 기쁨도 감사도 만족도 없었다. 그 와중에 가족 간에도 갈등이 커져갔다. 지쳐가는 내 자신을 돌아보며 '대체 뭐가 문제일까?' 생각하다 글을 쓰기 시작했다. 어린 시절로 거슬러 올라가 지난 내 모습을 돌아보며 글로 적었다. 글을 마무리할 즈음 내 삶 속에서 가장 뿌리 깊게 자리 잡은 것이 바로 '합창'이라는 것을 깨달았다.

글은 3년에 걸쳐 완성되었지만, 그 속에 담긴 이야기는 내가 살아온 모든 시간을 거슬러 담아내고 있다. 특히나 힘들었던 사춘기 시절의 상처를 다시 한 번 마주하고 따뜻하게 안아주고 손잡아줄 수 있었다. 물론 상처는 쉬이 사라지지 않는다. 마음에 깊이 난 상처엔 특효약이 없다. 그러나 상처를 외면하면 곪아서 깊어지는 것과 달리 그것을 마주하면 아프더라도 치유를 시작할 수 있다.

나는 앞으로도 조금씩 달라질 것이다. 처음 합창을 배우기 시작했을 때의 나와 지금의 내가 다르듯, 내 안의 상처도 나와 함께 치유되고 성숙해갈 것이다. 내 안에 모난 부분들이 너무도 단단해 완전히 깨지지 않을지도 모르지만, 그럼에도 그 친구들을 다스리는 법을 조금씩 배우고 있다.

주변에서 들려오는 나의 변화에 대한 이야기들이 그 증거다. 10년 넘게 함께 일해온 강사들, 내가 지휘하고 있는 여러 합창단 단원들 그리고 부모님과 아내도 내게 찾아온 긍정적인 변화를 이야기했다.

내 삶과 나를 솔직히 보여준다는 건 부끄러운 일이지만 정말 기분 좋은 일이기도 하다. 책을 쓰며 나는 스스로를 좀 더 알게 되었고, 한결 마음이 가벼워졌다. 또한 그만큼 더 좋은 방향으로 나를 변화시키는 계기가 되었다.

책을 쓰는 동안 갈등과 상처로 연락이 끊겼던 이들에게 먼저 연락해 사과의 마음을 전했다. 그 소통의 과정에서 나를 돌아보고 내 안의 또 다른 나를 발견할 수 있었다. 내 상처를 되돌아보고 이해하고 안아주다 보니 어느덧 다른 사람의 상처를 이해하고 소통할 수 있게 되었다. 그리고 다른 사람과의 부대낌으로 인해 생긴 상처도 봉합할 힘이 생겼다.

이 모든 변화는 호흡과 템포 맞추기, 표현하기 훈련을 통해 이루어졌다. 타인과의 소통뿐 아니라 나를 이해하고 나와 대화를 나누는 데도 아주 큰 도움이 되었다. 제대로 호흡하려면 산소보다 이산화탄소 배출이 먼저라는 말이 와 닿는다.

버려야 채울 수 있다. 템포도 마찬가지다. 나 자신의 감정을 조절함으로써 스스로 템포를 맞추는 것이 중요하다. 나의 템포를 알아야 타인과 맞출 수 있다. 또한 내 생각과 감정을 진실하게 잘 표현하기 위해서는 무엇보다 자신과의 소통 훈련이 선행되어야 한다.

결국 타인을 이해하기 위해서는 나를 이해할 수 있어야 함을 배웠다. 나와의 소통이 원활해야 타인과의 소통도 원활하며, 자신을 지휘할 수 있어야 타인과도 조화를 이룰 수 있다.

가장 중요한 변화는 내 안에서 시작되어 타인에게로 옮겨가는 것이다. 그리고 합창이 내게 그러한 깨달음을 주었다.

부족하지만 이 책을 통해 자신은 물론 타인과 불화하며 살아온 이들, 내면에 상처가 많은 이들이 자신을 돌아보는 계기가 되었으면 좋겠다. 나아가 자신의 상처를 이해하고 보듬으며, 자신을 사랑하게 되기를 소망한다. 그 결과 모든 이가 나를 지휘하고 세상을 지휘할 수 있는 진정한 지휘자가 되기를 꿈꿔본다.

마지막으로 부족한 사람 김진수를 이끌어주시고 지휘자로 또 강사로 세워주신 하나님께 감사드린다.

누구나 가슴 속에 오래된 악보 하나를 품고 삽니다.
하지 못한 말, 가지 않은 길, 모두 음표가 되어
언젠가 연주되기만을 기다리는 악보.
차라리 혼자 있고 싶을 정도로 답답한 순간에도
진실된 표현을 멈추지 않기를 권합니다.
모난 사람이지만 못나지 않았음을,
모두의 삶이 소중한 음악임을 깨닫게 될 테니까요.

너의 악보대로 살면 돼

모난 지휘자가 들려주는 관계의 템포와 리듬

초판 1쇄 발행 2019년 4월 10일
초판 2쇄 발행 2019년 4월 25일

지은이 김진수
펴낸이 신경렬

편집장 송상미
책임편집 김정주
마케팅 장현기 · 정우연 · 정혜민
디자인 이승욱
경영기획 김정숙 · 김태희
제작 유수경

디자인 별을 잡는 그물 양미정

펴낸곳 (주)더난콘텐츠그룹
출판등록 2011년 6월 2일 제2011-000158호
주소 04043 서울시 마포구 양화로12길 16, 7층(서교동, 더난빌딩)
전화 (02)325-2525 | **팩스** (02)325-9007
이메일 book@thenanbiz.com | **홈페이지** www.thenanbiz.com

ⓒ 김진수, 2019. Printed in Seoul, Korea
ISBN 978-89-8405-958-0 03810